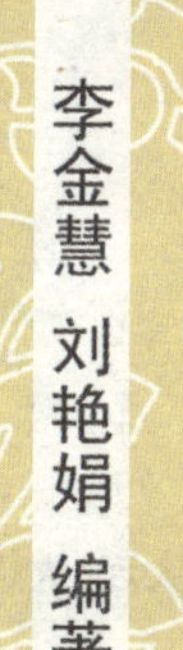
李金慧 刘艳娟 编著

唐诗酒趣

TANGSHI JIUQU

大连出版社
DALIAN PUBLISHING HOUSE

图书在版编目(CIP)数据

唐诗酒趣/李金慧,刘艳娟编著. —大连:大连出版社,2010.10

ISBN 978-7-80684-993-4

Ⅰ. ①唐… Ⅱ. ①李… ②刘… Ⅲ. ①唐诗—选集②酒—文化—中国—通俗读物 Ⅳ. ①I222.742②TS971-49

中国版本图书馆CIP数据核字(2010)第167423号

出 版 人:刘明辉
策划编辑:刘晓媛
责任编辑:刘晓媛
封面设计:张 金
版式设计:刘晓媛
责任校对:金 琦
责任印制:刘振奎

出版发行者:大连出版社
地址:大连市西岗区长白街12号
邮编:116011
电话:0411-83620674/83620941
传真:0411-83610391
http://www.dl-press.com
E-mail:cbs@dl.gov.cn
印 刷 者:大连图腾彩色印刷有限公司
经 销 者:各地新华书店

幅面尺寸:170mm×235mm
印 张:14
字 数:180千字
印 数:1～3500册
出版时间:2010年10月第1版
印刷时间:2010年10月第1次印刷
书 号:ISBN 978-7-80684-993-4
定 价:45.00元

目录

酒色·酒味

酒器·酒具

酒俗·酒事

酒肆·酒楼

酒仙·酒人

劝酒·答酒

问酒·乞酒

说酒·论酒

山居惟愛静日午掩柴門寡合人多忌無求道自尊鵾鵬俱有志蘭艾不同根安得蒙莊叟相逢共細論
吳興錢選舜舉畫并題

饮酒 · 醉酒

制酒 · 酿酒

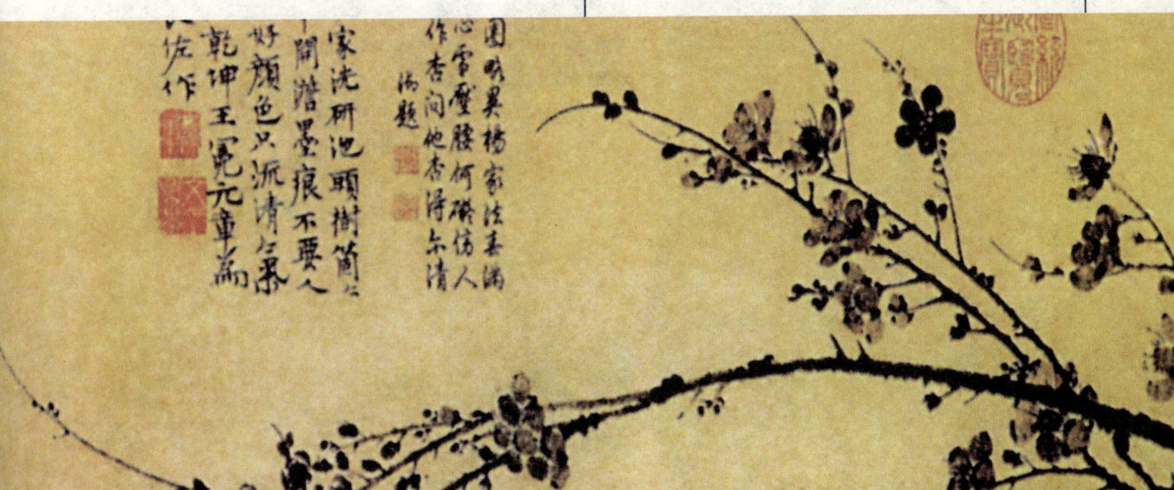

酒名·名酒

赐魏征诗　李世民

醽醁胜兰生①，翠涛过玉薤②。
千日醉不醒，十年味不败。

【难点疏通】

①醽醁：一种葡萄酒名，魏征所酿。明·冯时化《酒小史》云："柳宗元云魏左相能治酒，有名曰醽醁、翠涛。常以大金罂内贮盛十年，饮不歇其味。"兰生：汉武帝百味旨酒，《汉书·礼乐志》有"百味旨酒布兰生"之句。　②翠涛：亦为魏征所酿葡萄酒名。玉薤：隋炀帝时的酒。

【诗义解说】

美酒醽醁胜过汉武兰生，翠涛也超过隋时的玉薤。可使千日醉不醒，贮藏十年味不竭。

唐·阎立本《步辇图》

描绘了贞观十五年唐太宗李世民接见迎娶文成公主的吐蕃王松赞干布使者的情景。此为宋摹本。画面上，唐太宗在宫女的簇拥下雍容庄重，表情威严。唐太宗对面是吐蕃的使者、礼官和译员。整个画面重点突出，不同身份的人物形象非常生动，色彩富丽，很有韵律。

采药

王绩

野情贪药饵，郊居倦蓬荜[①]。青龙护道符，白犬游仙术[②]。
腰镰戊己月，负锸庚辛日[③]。时时断嶂遮，往往孤峰出。
行披葛仙经，坐检神农帙[④]。龟蛇采二苓，赤白寻双术[⑤]。
地冻根难尽，丛枯苗易失。从容肉作名，薯蓣膏成质[⑥]。
家丰松叶酒，器贮参花蜜[⑦]。且复归去来，刀圭辅衰疾[⑧]。

【难点疏通】

①药饵：药材。这里专指可入药的植物。蓬荜：门户。古人称自己简陋的居室为蓬荜，即用蓬草和竹片建造的房屋。 ②符：道士所画的图形，声称能驱鬼神，给人治病或带来福祸。白犬：晋神仙家葛洪言，白犬为方士寻仙求药时所携之畜。后代用白犬作为咏道术或道士的典故。 ③“戊己月”，“庚辛日”两句：《礼记·月令》：“季夏之月……其日戊己；孟秋之月……其日庚辛。”这里指夏末初秋的季节。 ④葛仙经：葛洪所著的《抱朴子》，为道教经典。神农帙：指传说中的神农氏所著的《本草》。《淮南子·修务训》：“古者民茹草饮水……时多疾病毒伤之害。于是神农乃始教民播种五谷，尝百草之滋味、水泉之甘苦，命民知所辟就。”帙，代指书卷。 ⑤龟蛇采二苓：相传松脂入土，千年化为茯苓，如龟蛇鸟兽人形者最佳。术：草名，分白术和赤术数种。 ⑥从容：即苁蓉，多年生草本植物，茎可入药，又名肉苁蓉。薯蓣：即山药，亦可入药。 ⑦松叶酒：以松叶酿制的酒，有药用效果。《本草》：“松叶可为酒，能已疾。”参花蜜：人参花蜜。 ⑧归去来：指陶渊明《归去来兮辞》。刀圭：古代量取药末的用具，此代指药物。

【诗义解说】

隐居山野之人钟情于草药，住在茅草屋中不免感到无聊。带着驱邪的青龙护符，携着白犬游仙访道。夏末初秋的季节，腰插镰刀，肩扛铁锹，上山去采药。高山时时像屏障遮断路，孤峰往往矗立在眼前。一路走来一路读着神仙经，坐下休息也不忘翻阅《百草》卷。采来的茯苓一定要龟蛇形，赤术白术才可称上乘。土地坚硬很难挖尽草药的根，枯萎的草丛容易误失珍宝。肉苁蓉最为名贵，山药的脂膏好品质。家中酿有松叶酒，器皿中贮藏着参花蜜。时常诵读着《归去来兮辞》，自制的草药聊以抵抗疾病和衰老。

过酒家五首（其三） 王绩

竹叶连糟翠[1]，葡萄带麯红[2]。
相逢不令尽，别后为谁空？

【难点疏通】

①竹叶：酒名，即竹叶青酒。糟：酒渣。 ②葡萄：葡萄酒。麯：酿酒用的酒引子。

【诗义解说】

翠绿的竹叶青酒还没滤去酒糟，鲜红的葡萄酒中还泡着酒母。相逢在这样的地方如不尽兴畅饮，离别后这些酒为谁而空？

明·陈洪绶《蕉林酌酒图》

图中人物或相对而饮，或自斟自饮，仪态优雅，清高洒脱。其中的酒具形状逼真。芭蕉、奇石衬托了清雅、闲逸的气氛。

尝春酒[①]

王绩

野觞浮郑酌[②]，山酒漉陶巾[③]。
但令千日醉[④]，何惜两三春。

【难点疏通】

①春酒：春天酿造好的酒。 ②野觞：乡野间酿造的酒。郑酌：“郑”指东汉末年经学大师郑玄，字康成。据刘孝标《世说新语·文学》注引《郑玄别传》载：“袁绍辟玄，及去，饯之城东，欲玄必醉。”饯行席间三百名作陪者“皆离席奉觞”（每人敬郑玄一杯），玄饮“三百余杯”而“终日无怠”（没有醉意）。 ③漉陶巾：“陶”指东晋诗人陶渊明。《宋书·隐逸传·陶潜》载：“郡将候潜，值其酒熟，取头上葛巾漉酒，毕还复著之。”漉，过滤。 ④千日醉：像刘伶那样醉上一千日。一说酒名。《搜神记》十九：“狄希，中山人也，能造千日酒，饮之千日醉。”《博物志》十：“昔刘玄石于中山酒家酤酒，酒家与千日酒，忘言其节度。归至家，当醉，而家人不知，以为死也。权葬之。酒家计千日满，乃忆玄石前来酤酒，醉向醒耳。往视之，云玄石亡来三年，已葬。于是开棺，醉始醒。”（另说：《抱朴子·杂应》：隐士郑君善酿美酒，方法独特。此借指自制之酒。）

【诗义解说】

饮乡间美酒风度堪比汉代大师郑康成，滤酒以巾潇洒恰如东晋名士陶渊明。只想让自己像刘伶那样长醉千日不醒，怎么会为因此失去两三个春天而叹惋。

明·丁云鹏《漉酒图》

此图画东晋诗人陶渊明脱巾滤酒的故事。画面上陶渊明风神闲逸，两童子助其滤酒，稚气可掬。背景秋菊缤纷，柳树壮茂，衬托了陶渊明的品格和胸襟。

罢相

李适之

避贤初罢相[①]，乐圣且衔杯[②]。
为问门前客，今朝几个来。

【难点疏通】

①避贤：给贤者让路。这里指诗人为避政治祸患而获准免去左相职务。“贤”乃一语双关，明指李林甫，实指政治祸患，即李林甫对诗人的政治迫害。 ②圣：双关语，一，酒的代称。《三国志·魏志·徐邈传》：尚书郎徐邈酒醉，校事赵达来问事，邈言“中圣人”。达复告曹操，操怒，鲜于辅解释说：“平日醉客，谓酒清者为圣人，酒浊者为贤人。”二，古人称皇帝为“圣”。衔杯：贪杯。

【诗义解说】

获准辞官为让“贤”， 溺酒贪杯帝王欢。往昔门庭惯饮客，今日庆贺来几人?

五代·巨然《万壑松风图》

此图展示出了千岩万壑、松风阵阵的雄壮景色。画面的苔点大小不等，疏密错落有致，节奏感很强。用笔工写兼具，使整个画面明洁高爽。

九月九日登玄武山① 卢照邻

九月九日眺山川②，归心归望积风烟③。
他乡共酌金花酒④，万里同悲鸿雁天⑤。

【难点疏通】

①玄武山：在梓州玄武县（今四川中江县）。　②“九月”句：古代风俗，九月九日重阳节亦为登高节，这一天要登高，插茱萸，饮菊花酒，以辟邪，祈求长寿。　③归心归望：归故乡的心思和愿望。　④金花酒：菊花酒，因菊花为黄色，在古诗文中常被称为“金花”。又《西京杂记》卷二：“九月九日饮菊花酒，令人长寿。菊花舒时，并采茎叶，杂黍米酿之，至来年九月九日始孰就饮焉。”孰，通“熟”。　⑤鸿雁天：古人云“雁霜降南翔”，又说鸿雁南飞不过衡阳。这里以“鸿雁天”来衬托游子对故乡的思念。

【诗义解说】

九月九日重阳节登高远望，回家的愿望如风烟心间弥漫。同在他乡一起饮下菊花酒，看鸿雁南翔故乡万里心悲伤。

清·高简《仿古山水图》之《松下观泉图》

图中山坡岩石上，两棵松树盘曲苍郁，远山朦胧。一人隔岸观泉，目光所及，泉水清澈，泠泠作响。再看观者，神态安闲，怡然自适。

春日行歌　刘希夷

山树落梅花，飞落野人家。
野人何所有，满瓮阳春酒[①]。
携酒上春台，行歌伴落梅[②]。
醉罢卧明月，乘梦游天台[③]。

【难点疏通】

①阳春酒：冬天酿制，春天喝的酒。　②落梅：汉乐府横吹曲《梅花落》。　③天台：山名，在今浙江天台县北。

【诗义解说】

山树上飘落片片梅花，款款飞入山野人家。山野之人有什么？满满一瓮阳春酒。携酒登上赏春台，《梅花落》曲伴歌飞。醉酒倒在月光里，乘着梦翼游天台。

明·杜堇《梅下横琴图》

图画一高士梅下抚琴，人物用白描，山石掩映，梅树虬曲，线条流畅，笔法细腻，整个画面自然生动，富有诗意。

九日怀襄阳

孟浩然

去国似如昨，倏然经杪秋①。
岘山不可见，风景令人愁。
谁采篱下菊，应闲池上楼。
宜城多美酒②，归与葛强游③。

【难点疏通】

①杪秋：晚秋。木末曰杪。　②宜城多美酒：宜城，湖北襄阳市县名。旧以产美酒著名。　③葛强：晋征南将军山简的爱将，简常与之畅饮游宴。《晋书》卷四十三《山简传》："简优游卒岁，唯酒是耽。……强家在并州，简爱将也。" 此代指知心的酒友。

【诗义解说】

离开家乡襄阳好像在昨天，不知不觉已经过了晚秋。岘山杳渺望不见，眼前的风景惹起乡愁无限。谁来采我那篱笆下的香菊，无人登临池上楼亭寂寞如何。襄阳的宜城富产美酒，还是回去和酒友畅饮游宴。

元·唐棣《秋山行旅图》

用大小横斜竖直的石块组成山峦叠嶂的山脉，山上树木掩映，山谷间独桥、小径通幽，远处江面宽阔，扁舟摇向远方。整个画面层次开阖有致，意境旷远。

龙标野宴[1]

王昌龄

沅溪夏晚足凉风[2]，春酒相携就竹丛。
莫道弦歌愁远谪[3]，青山明月不曾空。

【难点疏通】

①龙标：今湖南省黔阳县，清水江、沅水河在此汇流而成沅江。 ②沅溪：即沅江，源出贵州，流经黔阳，北上注入洞庭湖。 ③远谪：被贬到离京城很远的地方。

【诗义解说】

夏天的夜晚在沅溪边散步足够风凉，友朋们提着竹叶春酒相互搀扶来到了竹林。不要说清婉的弦歌会引起远谪的愁思，青山明月不离弃陪伴我们到永远。

明·王谦《梅花图》

图中梅花千花万蕊，璀璨绚丽，淡墨勾花，浓墨点蕊，疏密、繁简得当，描绘出早春盎然的生机。

杨叛儿

李白

君歌杨叛儿[①]，妾劝新丰酒[②]。
何许最关人，乌啼白门柳[③]。
乌啼隐杨花，君醉留妾家。
博山炉中沉香火[④]，双烟一气凌紫霞。

【难点疏通】

①杨叛儿：情歌。本为北齐童谣，后为乐府诗题。 ②新丰酒：新丰，即今西安临潼市。新丰之名，起于汉代。汉高祖刘邦生于丰里，建立汉朝，尊其父为太上皇。太上皇在长安思念故乡，刘邦便命巧匠依故乡丰里的样子建造新城，名曰新丰。新丰建成后，太上皇想喝家乡的酒，刘邦又请来家乡的酿酒匠按家乡的方法酿造美酒，从此新丰美酒享誉天下，文人、墨客多有吟咏。 ③乌啼白门：乌啼，乌鸟日落时归巢，此指日暮之时。白门，南朝刘宋都城建康（今南京）城门。南朝民歌常常提到白门，故成为男女幽会之所的代称。 ④博山炉：古代香炉的一种，炉盖呈重叠的山形。沉香：名贵的沉水香。

【诗义解说】

你唱起《杨叛儿》情歌绵绵意长，我捧起新丰美酒款款情深。什么最能牵动你我的心？日暮相会在白门。乌鸦停止啼叫眠于杨花之中，你酣意十足陶醉在小女子家。珍贵的沉香在博山炉中燃烧，你我情投意合像香火化烟齐飞入云霞。

清·高简《仿古山水·雪山寒林图》

图中雪岭高耸，寒林萧疏。山坳中民舍隐隐，一人在雪中徐步登山。山石用墨浓重，略施赭石、花青，深暗处敷以石青，衬出皑皑积雪。

客中作

李白

兰陵美酒郁金香[①]，玉碗盛来琥珀光[②]。
但使主人能醉客，不知何处是他乡。

【难点疏通】

①兰陵美酒：兰陵美酒产于山东苍山（今属枣庄市）西南的古兰陵镇，历史悠久，据传可上溯到商代。唐朝时兰陵酒销往长安、江宁、钱塘等名城。郁金香：香草的一种，香味浓烈，古时用来浸酒。用郁金香浸过的酒，呈金黄色，芳香醇厚，喝起来回味悠长。②玉碗：玉质的酒碗，晶莹透明。琥珀：松柏树脂化石，呈黄色或赤褐色，此处形容兰陵美酒具有天然的琥珀色泽。

【诗义解说】

郁金香浸泡的兰陵美酒散发着醇香，用玉碗盛来仿佛琥珀闪动莹润之光。只要主人有好酒让我沉醉，就无须知晓身在何处哪里是他乡。

明·仇英《桃李园图》

此图描绘四个文人于桃李园秉烛而坐，饮酒赋诗的场面。画中几位文人士大夫围坐于长条桌案边，桌上酒菜丰盛，身后侍女有的静待，有的正端酒上菜。四周环境清幽舒爽。整幅画秀雅纤丽。

沙丘城下寄杜甫 李白

我来竟何事？高卧沙丘城[①]。
城边有古树，日夕连秋声[②]。
鲁酒不可醉[③]，齐歌空复情[④]。
思君若汶水[⑤]，浩荡寄南征。

【难点疏通】

①高卧：这里指闲居。《晋书·陶潜传》：“尝言夏月虚闲，高卧北窗之下。清风飒至，自谓羲皇上人。”沙丘城：在山东汶水之畔。 ②日夕：朝暮，从早到晚。 ③鲁酒：指当时诗人所在地山东的酒。鲁地酿酒的历史悠久。著名的“兰陵美酒”可谓鲁酒的代名词。《庄子·胠箧》：“鲁酒薄而邯郸围。”此谓鲁酒之薄（度数低），不能醉人。 ④齐歌：指当时诗人所在山东的歌谣。 ⑤汶水：鲁地水名，今名大汶河，源于山东莱芜县东北原山，向西南流经泰安县、徂徕山、汶上县，入大运河。

【诗义解说】

我为什么要来到这里，闲居沙丘城不免寂寞。城边有几棵古树，早晚在秋风中悲叹瑟缩。鲁地的酒不醉人难尽兴，齐地的歌谣也徒有其情。思君之情若汶水，浩荡不息随你南行。

元·赵孟頫《鹊华秋色图》

描绘了山东济南鹊华山一带的秋景。江水蜿蜒，林木扶疏，屋宇错落。平远的构图使各部分相互依存，自然景物和人物相呼应，画面虚实错落有致，墨色浓淡相间，用笔潇洒，动静结合，色彩明朗秀润，呈现出秋日清幽的韵致。

九日

李白

今日云景好，水绿秋山明。
携壶酌流霞[①]，搴菊泛寒荣[②]。
地远松石古，风扬弦管清。
窥觞照欢颜，独笑还自倾。
落帽醉山月，空歌怀友生[③]。

【难点疏通】

①流霞：酒名。汉王充《论衡》卷七《道虚篇》：“曼都好道学仙，委家亡去，三年而返家。问其状，曼都曰：‘……口饥欲食，仙人辄饮以流霞一杯，每饮一杯，数月不饥。’”后人以“流霞”代称美酒。　②搴：以手摘取。泛：漂浮。寒荣：指菊花，因秋天开，故称寒荣。此句意为摘菊放入酒壶中，自古有九月九日饮菊花酒令人长寿一说。③空歌怀友生：诗人自注云：“今日秋景，一何清绝。挥觞松下，歌吹山风，望白云之去来，自适之趣得焉。佳景如斯矣，丹丘子，思汝矣，念我乎？夜月空照，落帽笑之，复还自笑也。”可见这里的“友生”指李白的好朋友、隐士元丹丘。

【诗义解说】

今日天高云淡风景好，水碧山青秋色灿烂。提上一壶美酒自娱自饮，摘几朵菊花让它们漂浮在流霞中。天高地远这里的松石年代已久，秋风吹起飘来阵阵清越的管弦声。对着酒杯照照自己的容颜，一饮而尽即便一人也高兴。风吹帽落醉卧山中伴明月，清歌一曲思念好友丹丘生。

明·崔子忠《藏云图》

画面上，诗人李白盘腿端坐于四轮盘车上，缓缓行于山路中。李白仰首凝视头顶之云气，神态闲逸潇洒；一童子肩搭绳拉车，一童子肩荷竹杖引导。整幅画轻松简劲，悠闲谐趣。

对酒忆贺监二首·并序（其一）[1]

李白

太子宾客贺公于长安紫极宫一见余，呼余为谪仙人，因解金龟换酒为乐。怅然有怀，而作是诗。

四明有狂客[2]，风流贺季真。
长安一相见，呼我谪仙人[3]。
昔好杯中物[4]，今为松下尘[5]。
金龟换酒处[6]，却忆泪沾巾。

【难点疏通】

①贺监：即贺知章，字季真，自号四明狂客。时任秘书监，人称贺监。天宝二年，上疏请为道士，求还乡里。玄宗许之。天宝三年正月离开长安。回乡不久辞世，年八十六。知章好饮酒，性狂放，与李白、张旭等被时人称为酒中仙。　②四明：山名。在浙江省宁波市西南。自天台山发脉，绵亘于奉化、慈溪、馀姚、上虞、嵊县等县境。道书以为第九洞天，又名丹山赤水洞天。凡二百八十二峰。相传群峰之中，上有方石，四面如窗，中通日月星辰之光，故称四明山。　③谪仙人：被贬下凡的仙人。唐·孟启《本事诗》：“李太白初自蜀至京师，舍于逆旅。贺监知章闻其名，首访之。……复请所为文，出《蜀道难》以示之，读未竟，称叹者数四，号为谪仙。解金龟换酒，与倾尽醉期不间日，由是声誉光赫。”　④杯中物：酒的别称。晋·陶潜《责子》诗：“天运苟如此，且进杯中物。”　⑤松下尘：对死者的婉称。人死化为尘土，墓地多植松，故称。　⑥金龟：唐代三品官员所佩饰物。这里代指贵重的佩饰。

【诗义解说】

四明山间的狂放人，是风流任性的贺季真。长安初次一相见，便呼我为谪仙人。忆往昔我们喜欢共饮酒，今日你化为尘土松下眠。难忘你以金龟来换酒，回首往事不免泪水沾满巾。

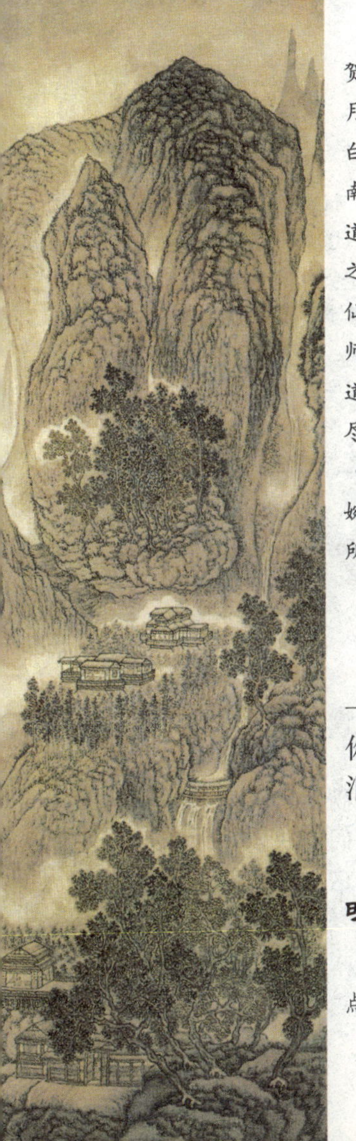

明·吴彬《仙山高士图》

画面构图饱满繁密，山石层次分明，线条清晰。从底部到山腰，屋宇点缀其间，极富层次感和韵律感。画面构成富于装饰性。

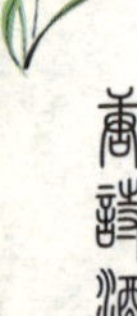

寄韦南陵冰，余江上乘兴访之，遇寻颜尚书，笑有此赠①

李白

南船正东风，北船来自缓。
江上相逢借问君，语笑未了风吹断。
闻君携伎访情人②，应为尚书不顾身③。
堂上三千珠履客④，瓮中百斛金陵春⑤。
恨我阻此乐，淹留楚江滨⑥。
月色醉远客，山花开欲然⑦。
春风狂杀人，一日剧三年⑧。
乘兴嫌太迟，焚却子猷船⑨。
梦见五柳枝⑩，已堪挂马鞭⑪。
何日到彭泽⑫，长歌陶令前⑬。

【难点疏通】

①韦南陵冰：韦冰，李白故交，时任南陵（今属安徽）县令。颜尚书：颜真卿，唐代书法家，官至吏部尚书。 ②君：指韦冰。情人：这里指朋友。 ③尚书：指颜真卿。④珠履客：指贵客。珠履，珠饰之履。 ⑤金陵春：酒名。金陵，今南京。酿酒历史悠久，堪称古代酒都之一。李白的许多诗作提到金陵酒，如“朝沽金陵酒，歌吹孙楚楼”、“解我紫绮裘，且换金陵酒”等。 ⑥淹留：滞留。楚江：流经楚地（今湖北）的长江。⑦然：通“燃”。 ⑧剧：迅速。 ⑨子猷船：子猷，晋王徽之的字。徽之，王羲之之子。南朝宋刘义庆《世说新语·任诞》：“王子猷居山阴，夜大雪，眠觉，开室命酌酒。四望皎然，因起彷徨……忽忆戴安道，时戴在剡，即便夜乘小船就之。经宿方至，造门不前而返。人问其故，王曰：‘吾本乘兴而行，兴尽而返，何必见戴。’” ⑩五柳：陶潜的住所。陶潜《五柳先生传》：“先生不知何许人也，亦不详其姓字。宅边有五柳树，因以为号焉。”这里代指韦冰住所。 ⑪堪：经得起。 ⑫彭泽：县名，汉代始设，在今江西省北部。 ⑬陶令：晋陶潜曾为彭泽令，故称陶令。此两句代指韦冰及所在的南陵。

【诗义解说】

南来的船正好顺东风飞驰，北来的船在逆风中自然缓慢。江上遇到故人打听你的消息，笑语相答话音未落被风吹断。听说你正带着歌伎沿江寻访朋友，那一定是颜尚书才如此让你不顾身。想你的厅堂中坐满了贵客，大酒瓮中已备好了足够的金陵春。遗憾的是我因受阻而难分享你们的快乐，无奈被滞留在楚江边。把皎洁的月色当做酒让我和你们同醉吧，这里的山花正开得灿烂像要燃烧。春风猛烈地吹过，一天犹如过了三年。乘兴而去已来不及，不如烧掉子猷访戴的船。梦中的五柳已枝干粗壮，能经得起马鞭挂在上边。什么时候才能到你为官的地方相聚，在你面前尽情地歌吟。

酒泉太守席上醉后作[①]

岑参

酒泉太守能剑舞，高堂置酒夜击鼓。
胡笳一曲断人肠[②]，座上相看泪如雨。
琵琶长笛曲相和，羌儿胡雏齐唱歌[③]。
浑炙犁牛烹野驼[④]，交河美酒金叵罗[⑤]。
三更醉后军中寝，无奈秦山归梦何[⑥]。

【难点疏通】

①酒泉：唐郡名，治所在今甘肃酒泉。　②胡笳：古代木制管乐器，有孔，流行于塞北和西域一带，曲调悲凉。　③羌儿胡雏：指胡地的歌伎。④浑：还。炙：烤。犁牛：毛色黑黄相杂的牛。一说犁牛即耕牛。野驼：野骆驼。　⑤交河美酒：唐交河郡治所在今新疆吐鲁番东南达克阿奴斯城，其地盛产的葡萄酒非常著名。金叵罗：金色的圆形酒器。　⑥秦山：秦岭，唐都城长安南倚秦岭。这里代指家乡。

【诗义解说】

酒泉太守剑舞最擅长，夜里为我击鼓设宴在高堂。胡笳奏出悲凉曲调听之断人肠，座中宾客泪眼相望如雨滂沱。更有琵琶长笛来相和，胡地歌伎齐来唱。烤牛加上烹骆驼，交河美酒盛满金叵罗。酒过三更醉眠在军营，梦归秦山好个无可奈何。

唐·壁画《乐舞图》

1952年出土于西安苏思勖壁画墓。墓内壁画有四神、男侍、女侍、“胡腾舞图”等。此二幅为“胡腾舞图”两侧乐队。上图为右侧五人，前排三人呈跪姿，分持竖笛、七弦琴和箜篌；后排二立者，一吹箫，一为乐队指挥。下图为左侧六人，前排三人分持琵琶、笙和钹；后排三人，一指挥，一横笛，一击拍板。人物形象生动写实，神情刻画入微，线条奔放流动，是盛唐乐舞文化的生动写照。此处所选为局部。

题井陉双谿李道士所居[①] 岑参

五粒松花酒[②]，双谿道士家[③]。
唯求缩却地[④]，乡路莫教赊[⑤]。

【难点疏通】

①井陉：今属河北省井陉县，位于太行山东麓，河北省西陲。《太平寰宇记》载："四方高，中央下，如井之深，如灶之陉，故为之井陉。"陉（音行），灶边突起部分。一说山脉中断的地方为陉。 ②五粒松花酒：用五粒松的嫩花或花粉（松黄）酿成的酒。据说这种酒味甘而醇，有养血息风、润肺益气的功能。李时珍《本草纲目》："（松）二三月抽蕤生花，长四五寸，采其花蕊为松黄。"唐时，松花酒备受推崇。白居易《枕上作》有"腹空先进松花酒"句。郭受《寄杜员外》有"松花酒熟傍看醉"句。马戴《赠鄠县尉李先辈》有"闲检仙方试，松花酒自和"。明·高濂《饮馔服食笺》："三月取松花如尾鼠者，细挫一升，用绢袋盛之，造白酒熟时，投袋于酒中心，井内浸三日，取出，漉酒饮之，其味清香甘美。"五粒松，松的一种，因一丛五叶如钗形而得名。或以为五粒之"粒"当读为"鬣"，讹为"粒"，每五鬣为一叶，故又称"五鬣松"。另有一说，认为此松一丛有五粒子，形如桃仁，可食，因以粒名之。 ③双谿：李道士号。 ④缩却地：退隐之所。缩却，退却，退隐。 ⑤乡路：还乡之路。南朝（梁）沉约有"还轴归骖，再践乡路"的诗句（《为柳世隆让封公表》）。赊：远。唐·王勃《滕王阁序》："北海虽赊，扶摇可接。"

【诗义解说】

五粒松花酿美酒，李道士家中来品尝。唯求退隐闲居所，莫嫌还乡之路长。

元·王蒙《鸿山高逸图》

画面层山叠翠，幽泉悬瀑气势雄浑。树木丰茂，景物幽邃。数间茅屋掩映于密林之中，人物悠然闲适，自得其趣。

喜韩樽相过[1]

岑参

三月灞陵春已老[2]，故人相逢耐醉倒[3]。
瓮头春酒黄花脂[4]，禄米只充沽酒资[5]。
长安城中足年少[6]，独共韩侯开口笑[7]。
桃花点地红斑斑，有酒留君且莫还。
与君兄弟日携手，世上虚名好是闲[8]。

【难点疏通】

①韩樽：一作韩尊，生平不详。过：看望。 ②灞陵：即霸陵。本名霸上，汉文帝筑陵葬此，因称霸陵，在今山西长安县。春已老：暮春。 ③耐：应该。 ④瓮头春：刚酿成的酒，泛指酒。瓮头，酒瓮的口。黄花脂：浮在酒面上黄白混合的酒沫。 ⑤禄米：旧时官吏的俸禄用米计算，称禄米。 ⑥足年少：年轻人多。 ⑦韩侯：对韩樽的尊称。 ⑧好是闲：真是没有意义。闲，等闲。

【诗义解说】

三月的霸陵已是暮春，老朋友重逢应该喝得醉倒。瓮头春上浮着诱人的酒沫，当官的薪水只用来付酒钱。长安城中年轻人这么多，唯独和你韩樽一起饮酒最欢乐。桃花落地点点红，把酒留给你千万别偿还。与你如兄弟般每日携手游，世上的虚名实在是不必要。

五代·关仝《秋山晚翠图轴》

此画描绘秋日山林积翠，深谷幽邃，用笔简劲，落墨浓淡相宜，是中国古代山水画的上乘之作。

营州歌

高适

营州少年厌原野①，狐裘蒙茸猎城下②。
虏酒千钟不醉人③，胡儿十岁能骑马④。

【难点疏通】

①营州：唐州名，治所在今辽宁省锦州市西。厌原野：喜欢野外狩猎。 ②蒙茸：纷乱的样子。茸，通“戎”。 ③虏酒：营州当地出产的酒。 ④胡儿：居住在营州一带的契丹少年。

【诗义解说】

营州少年喜欢野外去狩猎，城外打猎穿着裘衣和狐皮。虏酒千钟喝不醉，十岁就能把马骑。

五代·耶律倍《射骑图》

描绘的是一位契丹人射猎时的肖像，画中骑士胡服雕裘，手持利箭，身后骏马高壮，表现了北方少数民族的游猎生活场景。

九日杨奉先会白水崔明府[①] 杜甫

今日潘怀县[②]，同时陆浚仪[③]。
坐开桑落酒[④]，来把菊花枝。
天宇清霜净，公堂宿雾披[⑤]。
晚酣留客舞，凫舄共差池[⑥]。

【难点疏通】

①九日：农历九月九日重阳节。杨奉先：奉先县县令。白水：县名。与奉先县相邻，两县均属陕西。崔明府：杜甫之舅。 ②潘怀县：晋潘岳曾任怀县令，后以此称潘岳，也常用来美称县令。此喻指杨奉先。 ③陆浚仪：晋陆云曾任浚仪县令，为政清明，后士以此作为咏县令的典故。此喻指崔明府。 ④桑落酒：桑叶落时酿造的酒。唐代著名的宫廷用酒。《旧唐书·职官志》：“若应进者，则供春暴、秋清、酴醾、桑落等酒。”此酒酿造的历史悠久，魏晋以来，成为文士的上等饮品。诗人庾信有“蒲城桑落酒，灞岸菊花香”的诗句。北魏·杨炫《洛阳迦蓝记》赞其“饮之香美，醉而经月不醒”。《魏书·汝南王悦传》：“清河王怿为元叉所害，悦了无仇恨之意，乃以桑落酒候伺之，尽其私佞。”可见，桑落酒是当时朝中权贵心目中最好的酒。明·刘绩《霏雪录》：“河东桑落坊，有井，每至桑落时，取水酿酒甚美，故名桑落酒。” ⑤宿雾：昨晚的雾气。披：披散，消失。 ⑥凫舄：舄，鞋。东汉王乔任叶县令，有道术，传说上朝之履可化为凫。唐代诗歌常以此咏县令。此喻崔明府、杨奉先两县令的舞步。差池：不齐。

【诗义解说】

今日九九会重阳，在座崔杨比陆潘。同坐共饮落桑酒，手持菊花明艳艳。天空明净秋霜清，公堂之中夜雾散。痛饮一夜舞醉客，县令的舞步参差又零乱。

清·任薰《人物图》之一

不设背景，以转折顿挫的笔意写主仆二人从野外采菊归来，兴致勃发、情趣盎然的情景。

草堂即事

杜甫

荒村建子月[1]，独树老夫家[2]。
雾里江船渡[3]，风前径竹斜。
寒鱼依密藻，宿鹭起圆沙。
蜀酒禁愁得[4]，无钱何处赊。

【难点疏通】

①建子月：农历十一月。《新唐书·肃宗纪》：“以十一月为岁首，月以斗所建辰为名。”故称十一月为建子月。 ②老夫：杜甫自指。 ③江：此指锦江。 ④蜀酒：蜀地的酒。

【诗义解说】

十一月的偏僻荒凉村，孤独地立着我的茅草房。雾气笼罩渡江船，寒风吹倒路边竹。鱼因水寒密藻中来栖身，鹭鸟过夜垒起圆沙巢。蜀地的酒倒是可销愁，没钱又该何处求？

明·谢时臣《草堂即事诗意图》

此图绘杜甫草堂冬天景色，笔势豪放，设色浅淡，情景交融，人物点缀其中，冲和潇洒，让观者称奇。

宴戎州杨使君东楼[1] 杜甫

胜绝惊身老，情忘发兴奇。
座从歌妓密，乐任主人为。
重碧拈春酒[2]，轻红擘荔枝。
楼高欲愁思，横笛未休吹。

【难点疏通】

①戎州：唐州名，治所在今四川宜宾。杨使君：杜甫朋友，生平不详。②重碧：戎州的酒名。

【诗义解说】

面对绝好的美景惊叹身已老，忘情宴饮顾不上把诗吟。靠近歌妓选择好座位，听什么乐曲任由主人点。喝上一口春酒名重碧，掰开浅红荔枝吃一颗。楼高本欲惹人愁，笛吹清曲更添忧。

唐·李思训《江帆楼阁图》

描绘了浩淼的江流、山脚丛林中的楼阁庭院以及或骑或行的游人，境界清爽、旷远、幽深。

谢严中丞送青城山道士乳酒一瓶① 杜甫

山瓶乳酒下青云②，气味浓香幸见分。
鸣鞭走送怜渔父③，洗盏开尝对马军④。

【难点疏通】

①严中丞：严武。青城山：唐代道教圣地，在四川灌县西南。　②乳酒：一说乳酒即猕猴桃酒，因汁液混浊似乳故名。青城山位于四川灌县东南部，是盛产猕猴桃的地方，青城山道士用猕猴桃酿酒，据说已有一千多年历史。其实猕猴桃酒并不是酒，而是一种饮料，酒精成分很低，因其质地优良，味道醇香，老年人常喝可起到保健与延年益寿的作用，所以有青城美酒之称。另说乳酒是动物的乳汁酿成的酒，动物乳汁中含有蛋白质和乳糖，也很容易发酵成酒，以狩猎为生的远古人也有可能意外地得到乳酒，并逐步摸索出酿乳酒的技术。　③渔父：杜甫自称。　④马军：军中称驱使骑为马军。

【诗义解说】

乳酒来自青城山的白云边，得到香浓的佳酿好幸运。响鞭驱马送给可怜的我，当着送酒的人马洗杯开饮。

南宋·刘松年《四景山水图·冬》

此图表现冬季景色，远山为白雪覆盖，近景房舍错落，一片明净安详，小桥下河水凝滞，一人骑在驴上，一童仆牵驴正从桥上走过。整幅画工整和谐，意境清幽。

拨闷

杜甫

闻道云安麴米春①，才倾一盏即醺人。
乘舟取醉非难事，下峡销愁定几巡②。
长年三老遥怜汝③，捩舵开头捷有神④。
已办青钱防雇直⑤，当令美味入吾唇。

【难点疏通】

①云安：唐县名，今四川云阳县。麴米春：酒名，用高粱、荞麦等加曲药酿造而成。②几巡：几个来回。 ③长年三老：艄公。 ④捩舵：转舵。开头：开路。 ⑤青钱：青铜钱。防：备。雇：雇舟之钱。直：同“值”，指酒钱。

【诗义解说】

听说云安有美酒叫麴米春，才喝一盅就醉人。乘船取醉不是难事，若要消愁一定得下峡走几个来回。船上的艄公在远处惦记你，转舵开路小船如风神速。已准备好了雇船的青铜钱，你一定会准备美酒佳肴满足我的口福。

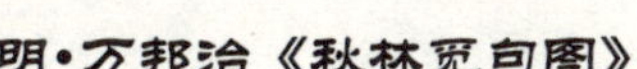
明•万邦治《秋林觅句图》

此图以淡彩写意，在飒飒秋风中，一老者伫立树下，赏景吟诗。他长须飘动，眉目秀逸，衣服线条流畅潇洒，有纵逸老健之态。后随一童子，肩负书囊，神态盎然。芦草、树枝随风摇荡。笔墨酣畅，风格豪爽，取景写物，自出新意。

垂白

杜甫

垂白冯唐老①，清秋宋玉悲②。
江喧长少睡，楼迥独移时③。
多难身何补，无家病不辞。
甘从千日醉④，未许七哀诗⑤。

【难点疏通】

①垂白：垂暮。冯唐：汉代人，据《史记·冯唐列传》：唐历文、景、武三帝，直言不知忌讳，年老仍为郎。后代以此作为年老不遇、滞沉下僚的典故。此为杜甫以冯唐自喻。　②清秋宋玉悲：宋玉《九辩》有“悲哉秋之为气也”之叹。　③迥：高。　④千日醉：酒的代称。晋张华《博物志》卷十《杂说下》：“昔刘玄石与中山酒家酤酒，酒家与‘千日酒’，忘言其解度。归至家当醉，而家人不知，以为死也。权葬之。酒家计千日满，乃忆玄石前来酤酒，醉向醒耳。往视之，云：‘玄石亡来三年，已葬。’于是开棺，醉始醒。”后世以“千日酒”或“千日醉”为美酒的代称。　⑤七哀诗：东汉末年王粲作《七哀诗》以抒发感乱伤时的情思。后人以此为感伤流离，咏叹战乱的典故。

【诗义解说】

白首垂暮如冯唐，悲秋伤乱同《九辩》。江水喧腾少睡眠，孤身度日在高楼。多灾多难身心无以补，漂泊无家疾病难祛除。甘愿和美酒来相伴，不作王粲的七哀悲秋叹。

明·董其昌《秋兴八景图》（其一）

此画线条沉稳，局部用墨深重，间或清淡，使画面结构淡雅生动。

发潭州

杜甫

夜醉长沙酒①，晓行湘水春②。
岸花飞送客，樯燕语留人③。
贾傅才未有④，褚公书绝伦⑤。
名高前后事，回首一伤神。

【难点疏通】

①长沙酒：长沙古为潭州，酿酒历史悠久。据马王堆汉墓出土文物考证，西汉已有酒业。长沙之酒，自古著名，备受历代名士赞誉。晋代文学家谢惠连有“饮湘美之醇酵”之句。唐代诗人更是常常提到长沙酒。除本首外，还有韩愈的“闻道松醪贱，何须吝错刀”、戎昱的“松醪能醉客，慎勿老湘潭”等。 ②湘水：即近湘江，流经长沙市区。 ③樯燕：落在桅杆上的燕子。 ④贾傅：西汉时的贾谊，因才高而为大臣所忌，被贬为长沙王太傅。 ⑤褚公：初唐时的褚遂良，书法冠绝一时，因谏阻立武则天为皇后，被贬为潭州都督。

【诗义解说】

昨夜痛饮长沙酒沉醉而眠，今晨沐浴春风起航湘江行船。两岸落花飘飘来送客，船桅春燕喃喃语留人。没有贾谊济世风雅才，难比褚公笔墨绝伦书。二人虽可名一世，回首往事还是不免黯然。

明·周臣《柴门送客图》

描写了主人和宾客相揖道别的情景。图中人物古貌奇姿，仪态高雅，水中小船待发，柴门茅屋内一人黯然神伤。古树、篱笆均用色较重，人物衣饰则灵活秀润，表现了清劲而秀逸的风格。

野望

杜甫

金华山北涪水西①，仲冬风日始凄凄②。
山连越嶲蟠三蜀③，水散巴渝下五溪④。
独鹤不知何事舞，饥乌似欲向人啼。
射洪春酒寒仍绿⑤，目极伤神谁为携。

【难点疏通】

①金华山：位于四川梓州射洪县。涪水：涪江，嘉陵江的支流，在四川中部，自西北向东南流经射洪。 ②仲冬：冬季的第二个月，即农历十一月。 ③越嶲：郡名，即嶲州，治所为今四川西昌市。蟠：环绕。三蜀：今四川中部地区。汉初分蜀郡置广汉郡，武帝又分置犍为郡，合称三蜀。 ④巴渝：巴岭水，一名渝州水。五溪：武陵五溪，即雄溪、樠溪、力溪、潕溪、酉溪，地在今湖南西、贵州东一带。 ⑤射洪春酒：唐时名酒，以寒绿著称。

【诗义解说】

金华山北涪水西岸，仲冬时节始觉日寒风凄。群山连绵直到越嶲环绕着三蜀，巴渝之水分流入五溪。孤独的鹤鸟不知因何翩翩舞，饥饿的乌鸦好像对人鸣啼。射洪春酒清寒碧绿，极目远望无人携带不免黯然神伤。

明·米万钟《峰峦清逸图》

全图以浓墨为基调，略加变化，树木枝干用双勾留白，分别用点和夹的方法表现不同的树叶，使它们相互错落、衬托，但树叶却密而不乱。山石画法近南宋，刚中有柔，疏密有致，给人以山高水长的清逸之感。

将赴成都草堂途中有作，先寄严郑公五首（其一）①

杜甫

得归茅屋赴成都，直为文翁再剖符②。
但使闾阎还揖让③，敢论松竹久荒芜。
鱼知丙穴由来美④，酒忆郫筒不用酤⑤。
五马旧曾谙小径⑥，几回书札待潜夫⑦。

【难点疏通】

①严郑公：严武封郑国公，故称。 ②直为：特为。文翁：汉人，景帝末任蜀郡守，仁爱好教化，于成都办官学，入学者免徭役，成绩优者以补郡县吏，于是蜀中大化。此喻严武。剖符：汉郡守出任，使符各分其半，右流京师，左以与之。这里指严武再拜成都尹兼剑南节度使。 ③闾阎：民间。揖让：礼仪教化。 ④鱼知丙穴：丙穴，地名，在汉中沔阳县北。左思《蜀都赋》：“嘉鱼出于丙穴”。此以丙穴鱼喻蜀地物产之美。 ⑤郫筒：郫筒酒。《华阳风俗录》：成都郫县有郫池，池旁有大竹，郡人刳其节，倾春酿于筒，苞以藕丝，蔽以蕉叶，信宿香达于林外，然后断其以献，俗称郫筒酒。酤：买。 ⑥五马：太守代称，此指严武。《汉官仪》：“太守四马，行部加一马，故称五马。”后以五马称州郡长官。 ⑦潜夫：杜甫自称。《后汉书》：东汉王符曾撰《潜夫论》。符性耿直，郁郁不得志，隐居著书，不欲显名，以潜夫为名。

【诗义解说】

能够再次回到成都的茅草屋，只因为您又拜官蜀地郡守。假使百姓仍然知礼懂教化，岂敢提及久已荒芜的松与竹。丙穴之鱼从来以味美著称，不用钱买的郫筒酒飘香令人怀念。太守还记得曾经熟悉的小路，几次捎信等待我的归来。

清·王时敏《山水图》

图中群山环抱、野树掩映之中，几宇房屋点缀其间，一湾春水、一架小桥连接了山里山外，山峦雄浑苍茫，流水蜿蜒秀丽，令人无限向往。

酬柏侍御答酒[1]

王建

茱萸酒法大家同[2]，好是盛来白碗中。
这度自知颜色重[3]，不消诗里弄溪翁[4]。

【难点疏通】

①侍御：唐朝对侍御史和监察御史的称谓。 ②茱萸酒：以茱萸泡制的酒，味香，饮之辟邪。 ③这度：这回。 ④不消：不至于。弄：嘲弄。溪翁：诗人自称。

【诗义解说】

茱萸制酒方法大致相同，泡好后盛在白碗中。自知此次颜色有些重，不至作诗把我来嘲弄。

清·元济《唐人诗意图》（之五）

从画面左侧的题诗看，此图应为王维《九月九日忆山东兄弟》诗意图。图的画面主要集中在右侧和下部，山石环抱处几间民居，一民居内二人对饮，远山淡抹，连绵起伏。左侧留白处为江面和天空，给人以幽思缅邈之感。

解闷

卢仝

人生都几日[1]，一半是离愁。
但有尊中物[2]，从他万事休[3]。

【难点疏通】

①都：总共。　②尊中物：酒的又一种别名，又称杯中物。　③从：任由。

【诗义解说】

人生一共没几天，还有一半沉浸在离愁间。只要有了这杯中酒，万事都可抛到脑后边。

清·黄慎《捧花老人图》

写一老人双手捧花篮上肩。他长袖曳垂，须发洁白，似醉非醉，天真可爱。线条硬折虬结，墨色浓淡相间。

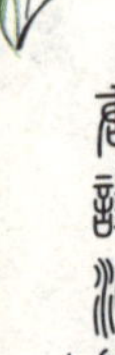

春思二首（其二）贾至

红粉当垆若柳垂[1]，
金花腊酒解酴醾[2]。
笙歌日暮能留客，
醉杀长安轻薄儿。

【难点疏通】

①红粉：借指女子。当垆：卖酒。 ②金花：菊花。腊酒：腊月酿的酒。酴醾：用酴醾花浸泡的酒。

【诗义解说】

卖酒的女郎身段若垂柳，菊花腊酒可解酴醾酿。日暮天晚笙歌留客驻，长安阔少沉醉不醒常流连。

清·周璕《进酒图》

画一妇人提酒壶作进酒状，低首缓步，神态谦恭。但眉目清秀，丰润秀雅。发上簪花，腰配裙带，足着草鞋，宛若仙姑。

杭州春望

白居易

望海楼明照曙霞[①]，护江堤白踏晴沙[②]。
涛声夜入伍员庙[③]，柳色春藏苏小家[④]。
红袖织绫夸柿蒂[⑤]，青旗沽酒趁梨花[⑥]。
谁开湖寺西南路[⑦]，草绿裙腰一道斜。

【难点疏通】

①《太平寰宇记》“望海楼”作“望潮楼”，高十丈。 ②护江堤：指杭州东南钱塘江岸筑以防备海潮的长堤。 ③伍员庙：纪念子胥的祠庙。伍员，即伍子胥，春秋楚人，父兄皆遭楚平王杀害，逃吴，佐阖庐败楚，又佐夫差败越。后夫差信谗杀伍。民间同情伍员，说他怨吴王，死后驱水为涛，钱塘江潮又称“子胥涛”，后代立祠庙纪念他。 ④苏小家：代指歌妓舞女所居的秦楼楚馆。苏小小，南齐钱塘名妓。 ⑤红袖：指织绫女子。柿蒂：绫的花纹。 ⑥青旗：即酒招，代指酒店。梨花：酒名。作者原注：“其俗，酿酒趁梨花时熟，号为‘梨花春’”。 ⑦湖寺：指孤山寺。西南路：指由断桥向西南通往湖中到孤山的长堤，即白沙堤，简称白堤。

【诗义解说】

清晨登上望海楼看到霞光万道，护江长堤在旭日的照耀下银光熠熠。想万籁俱寂之夜钱塘春潮的涛声传入伍员庙，春柳新绿舞榭歌楼正萌发着勃勃生机。织锦绣女夸说着自家绫罗的花纹美，酒楼适时打出招牌吸引游客品尝美酒梨花春。莫问孤山寺西南是谁开的长堤路，远远望去绿草绵绵和少女的裙腰正相宜。

明·王谔《江阁远眺图》

画面林峦楼阁布置有序，临江楼阁中一人凭栏远眺，二童随侍。前方江波浩淼，渔舟隐约可见，对岸岩峦叠翠，村郭一派生机。取景开阔，气韵清远。

忆江南（三首）

白居易

江南好，风景旧曾谙①。
日出江花红胜火，春来江水绿如蓝②。
能不忆江南？
江南忆，最忆是杭州。
山寺月中寻桂子③，郡亭枕上看潮头④。
何日更重游？
江南忆，其次忆吴宫⑤。
吴酒一杯春竹叶⑥，吴娃双舞醉芙蓉⑦。
早晚复相逢⑧？

【难点疏通】

①旧曾谙：以往十分熟悉。 ②绿如蓝：比蓝绿。蓝，蓼科植物，其叶可作青绿染料。如，胜过。 ③“山寺”句：诗人《留题天竺灵隐两寺》诗自注云：“天竺尝有月中桂子落。”其实月中桂树，只是神话。 ④郡亭：指杭州衙属花园的亭台。看潮头：浙江流至杭州城东南称钱塘江，东北入海口的潮水称钱塘潮，阴历八月中旬钱塘潮堪称天下奇观，钱塘观潮也成一大乐事。 ⑤吴宫：指苏州，春秋时吴国的都城，吴王夫差为西施建馆娃宫于苏州西南灵岩山，因此称苏州为“吴宫”。 ⑥吴酒：指吴地的酒。吴地是黄酒的发源地。古代有吴国大臣伍子胥造，苏州相称储存镇江黄酒的故事。《吴越春秋》记载：“吴公子光设酒宴王僚，酒甜。”春竹叶：指竹叶青酒，以淡竹叶煎汤代水酿酒。竹叶青酒本不是吴地原产，这里或指唐朝吴地已产竹叶青，或仅以此作为酒的代称。 ⑦吴娃：指馆娃宫中的舞女。醉芙蓉：指舞姿的美妙。 ⑧早晚：何时。复：再。

【诗义解说】

江南美，以往多熟识。太阳一出江映红霞胜似火，春天来临水照绿柳青于蓝。怎不想江南？想江南，最想是杭州。中秋寻桂桂从月中落，郡亭观潮潮向枕上行。何时再重游？想江南，其次想苏州。饮一杯吴酒堪比竹叶青，赏吴娃双舞恰如芙蓉美。何日再相逢？

南宋·刘松年《四景山水图》之《春景图》

描绘了江南春色山清水秀的风光。画面林木茂郁，山水清幽淡远，楼阁掩映其间，人物或行或对饮，形态逼真，表现了士大夫悠闲的享乐生活。

对酒

白居易

未济卦中休卜命[①]，参同契里莫劳心[②]。
无如饮此销愁物[③]，一饷愁消直万金[④]。

【难点疏通】

①未济卦：《易》中六十四卦中的最后一卦，表示人的命运或事情尚处于动荡不定的状态。未济，尚无成就，这里也可以说没谱。　②参同契：即《周易参同契》，书中认为《周易》爻象符合道家炼丹修养之论，被称为丹经之祖。　③销愁物：古代酒的代称。④一饷：一会儿。饷，同“晌”。直：同“值”，等同。

【诗义解说】

不要到没谱的卦里占卜命运，也不要到参同契书中劳心神。不如喝下这消愁的酒，短暂的快乐无忧可值千万金。

东汉《夫妇宴饮图》

洛阳东汉墓壁画。画中一对夫妇对饮，人物形象丰满传神，劝酒的情节生动有趣。笔法细腻，线条流畅，色彩艳丽，代表了汉代工笔画的水平。

戏赠崔千牛[①]

刘禹锡

学道深山虚老人[②]，留名万代不关身[③]。
劝君多买长安酒[④]，南陌东城占取春[⑤]。

【难点疏通】

①崔千牛：千牛，刀名，言刀之锐利可屠千牛。千牛刀常备身边，后比喻侍立皇帝左右之警卫人员。唐代设左右千牛卫，为禁卫之一。崔千牛，指左千牛备身崔懿伯。 ②虚老人：徒然老去。 ③“留名”：《晋书·张翰传》：“翰任心自适，不求当世。或谓之曰：‘卿乃可纵适一时，独不为身后名耶？’答曰：‘使我有身后名，不如即时一杯酒。’时人贵其旷达。”不关身：和自己无关。 ④长安酒：长安酿酒历史悠久，史料中有长安出土的西周酒具和西汉存酒的壶。秦始皇酒宴群臣，项羽鸿门酒宴刘邦，唐太宗酒后宫门挂带，李白长安市中醉酒，杜甫“饮中八仙”喝的都是长安酒。可见唐代长安酒业兴盛。 ⑤南陌东城：指长安名胜之集中地。唐代东有乐游园，南有韦曲、杜曲，东南有曲江、芙蓉园等，都是供人游乐的场所。

【诗义解说】

深山中学道徒然浪费青春，留名百世和自己也不相关。劝你还是多买长安的酒来饮，游乐东城南园还能享受无限春光。

元·王蒙《青卞隐居图》

描绘了幽邃的山林中隐居的图景。画面林密溪清，飞瀑高悬，千崖万壑，山路曲折。整个画面黑白相间，疏密得当。

洛中逢韩七中丞之吴兴口号五首（其四）[①] 刘禹锡

骆驼桥上蘋风急[②]，鹦鹉杯中箬下春[③]。
水碧山青知好处，开颜一笑向何人。

【难点疏通】

①洛中：指洛阳。韩七中丞：韩泰。吴兴：即今浙江湖州。 ②骆驼桥：《太平寰宇记》卷九四湖州乌程县：“骆驼桥，唐垂拱元年造，以桥形似骆驼之背，故名之。”风：即风。宋玉《风赋》：“夫风，起于青萍之末。” ③鹦鹉杯：酒杯。《岭表录异》卷下：“鹦鹉螺，旋尖处屈而朱，如鹦鹉嘴，故以此名。壳上青绿斑纹，大者可受三升。壳内光莹如云母，装为酒杯，奇而可玩。”箬下春：酒名，唐人多以“春”名酒。《太平寰宇记》卷九四湖州长兴县：“箬溪在县南五十步，一名顾渚口……顾野王《舆地志》云：‘夹溪悉生箭箬，南岸曰上箬，北岸曰下箬。’二箬皆村名，村人取下箬水酿酒，醇美胜于云阳，俗称箬下酒。”

【诗义解说】

骆驼桥上刮起了青萍风，鹦鹉杯中盛着美酒箬下春。山清水秀风景如画处，不知展开笑脸向谁迎。

清·恽寿平《山水图·荷香水榭图》

写初夏湖边，杨柳荫浓，树下水榭中，一人倚窗观赏着远处的风景。湖面上绿荷如盖，芙蕖嫣然。画面笔墨淡雅清丽，令人神怡。

秋日书怀寄河南王尹[1]

刘禹锡

公府想无事[2]，西池秋水清[3]。
去年为狎客[4]，永日奉高情[5]。
况有台上月，如闻云外笙[6]。
不知桑落酒[7]，今岁与谁倾。

【难点疏通】

①河南王尹：时河南尹王播。 ②公府：河南尹官署。 ③西池：在河南尹官署西。 ④狎客：不拘形迹的宾客。 ⑤永日：每天。奉：奉觞，举杯敬酒。 ⑥云外笙：仙人吹的笙。汉·刘向《列仙传·王子乔》：“王子乔者，周灵王太子晋也，好吹笙，作凤凰鸣，游伊洛之间。道士浮丘公接以上嵩高山。” ⑦桑落酒：酒名。多以黍米于桑叶凋落之时酿造，风味独特。北魏·郦道元《水经注·河水四》：“（河东郡）民有姓刘名堕者，宿擅工酿，采挹河流，酿成芳酎，悬食同枯枝之年，排於桑落之辰，故酒得其名矣。”又北魏·杨炫《洛阳迦蓝记》记此酒“饮之香美，醉而经月不醒”。《旧唐书·职官志》记载：“若应进者，则供春暴、秋清、酴醾、桑落等酒。”可见唐时此酒甚流行。

【诗义解说】

官署中无所事事，秋天的西池水泛着清波。过去的一年不拘形迹，每天捧杯畅饮情绪高涨。更何况有高台明月相伴，感觉就像听到仙人王子乔吹起凤凰鸣。不知今年的桑落酒，和谁一起共倾杯？

明·张宏《西山爽气图》

画中林峦、溪水、板桥、村居井然有序，桥上一人举首远望，若有所思。笔墨清爽淡雅，意境萧疏。

题李上谟壁　李商隐

旧著思玄赋[①]，新编杂拟诗[②]。
江庭犹近别，山舍得幽期。
嫩割周颙韭[③]，肥烹鲍照葵[④]。
饱闻南烛酒[⑤]，仍及拨醅时[⑥]。

【难点疏通】

①思玄赋：《后汉书·张衡传》："衡尝思图身之事，以为凶吉倚伏，幽微难明，乃作《思玄赋》以宣寄情思。"后代以此表示因思虑国事而心情苦闷。　②杂拟诗：杂体诗，即《文选》"杂拟"类诗。　③周颙韭：《南史·周颙传》："文惠太子问颙：'菜食何味最胜？'颙曰：'春初早韭，球末晚菘。'"　④鲍照葵：南朝·宋鲍照《园葵赋》："乃羹乃瀹，堆鼎盈筐。甘旨莤脆，柔滑芬芳。……荡然任心，乐道安命。"这里指诗人以园蔬待客，同时点出其隐居山舍的生活境况。　⑤南烛酒：用南烛草制作的酒。《神仙服食经》："采南烛草，煮其汁为酒，碧映五色，服之通神。"南烛，常绿灌木或小乔木，越橘属，果实成熟后酸甜，可食；采摘枝、叶渍汁可酿酒、浸米煮"乌饭"；果实入药，名"南烛子"，有强筋益气、固精之效。　⑥拨醅：重酿未滤的酒。

【诗义解说】

书写烦恼成旧作，新赋杂诗娱闲情。江边庭院不久前刚刚分别，山中茅舍约相逢。园中绿韭趁嫩割，葵叶繁茂正当烹。尽情品尝南烛酒，重酿醅酒仍及时。

明·蓝瑛《仿梅道人山水》

图中岩峦层叠，林木茂密。林间茅亭点缀，一位隐者在山路间游览观赏。整个画面墨色清淡，笔力刚劲。

示弟

李贺

别弟三年后，还家一日余。
醁醽今夕酒①，缃帙去时书②。
病骨犹能在，人间底事无③。
何须问牛马，抛掷任枭卢④。

【难点疏通】

①醁醽(lù líng)：又称“醽醁”、“酃渌”，古代的一种美酒。晋代醽醁酒就很出名，晋代葛洪《抱扑子·嘉遁》：“藜藿嘉于八珍，寒泉旨于醽醁。”明代医学家李时珍《本草纲目·酒》说：“酒，红曰（堤），绿曰（酃），白曰（醝）。”可知醽醁是绿酒。多数文献记载衡阳县的酃湖是醽醁酒的产地，《通鉴注》：“衡阳县东二十里有醽湖，其水湛然绿色，取以酿酒，甘美，谓之酃渌。”郦道元《水经注》云：“酃县有酃湖，湖中有洲，洲上居民，彼人资以给酿酒甚美，谓之酃酒。”②缃帙：浅黄色书套。亦泛指书籍、书卷。南朝梁萧统《文选·序》：“词人才子，则名溢于缥囊；飞文染翰，则卷盈乎缃帙。” ③底事：何事，什么事。 ④“何须”句：“牛马”、“枭卢”，古代赌具“五木”上的名色。赌博时，按名色决定胜负，以“卢”为胜，“枭”为负。此二句意为成败由之，不必过问。

【诗义解说】

和弟弟分别三年后，回到家才一天有余。今晚喝的还是醁醽酒，黄色书套中装着离家时的书。病弱的身体还可勉强支撑，世间的事却什么也做不了。应试就好比是赌博，任抛出牛马枭卢不必问成败。

明·沈贞《竹炉山房图》

画面中远山耸立，山脚下修篁苍翠成林，溪水清滢，庭院错落。竹房中二人对坐倾谈，颇得清幽淡雅之趣。

对雨独酌

韦庄

榴花新酿绿于苔①，对雨闲倾满满杯。
荷锸醉翁真达者②，卧云逋客竟悠哉③。
能诗岂是经时策④，爱酒原非命世才⑤。
门外绿萝连洞口⑥，马嘶应是步兵来⑦。

【难点疏通】

①榴花：榴花酒，此泛称一切美酒。 ②荷锸醉翁：指西晋刘伶，竹林七贤之一，嗜酒。《晋书·列传十九·刘伶》："常乘鹿车，携一壶酒，使人荷锸而随之，谓曰：'死便埋我。'"著《酒德颂》。 ③卧云逋客：隐居避世之人。或指孟浩然。李白有《赠孟浩然》诗："红颜弃轩冕，白首卧松云。" ④经时策：治世之策。 ⑤命世才：杰出于当世的人才。 ⑥绿萝：绿色藤萝。洞口：隐居之所。 ⑦步兵：竹林七贤之一阮籍，官步兵校尉嗜酒。此代指情投意合的酒友。

【诗义解说】

新酿美酒比苔藓还要绿，对春雨倾杯多悠闲。刘伶醉卧官位真放达，隐居避世竟也乐悠悠。诗才哪里是经时济世的良策，爱酒原来也不是当世杰出的奇才。门外绿色藤萝掩映我的居所，听到马的叫声应该有酒友来访。

明·蓝瑛《青绿山水图》

图中山峰连绵，古木繁盛，湖光山色，杨柳依依。两人在湖边倾谈，湖面上舟船闲荡，笛声悠扬。全图用笔苍劲，设色清丽。

田家

章孝标

田家无五行[①]，水旱卜蛙声。
牛犊乘春放，儿孙候暖耕。
池塘烟未起，桑柘雨初晴。
岁晚香醪熟[②]，村村自送迎[③]。

【难点疏通】

①五行：阴阳五行，即以星相卜知未来。 ②香醪：美酒。 ③送迎：接待客人。

【诗义解说】

种田人不懂阴阳五行之说，是涝是旱全凭听蛙声卜知。趁着美好的春天放牧小牛，儿孙们等待温暖的季节好耕种。池塘一片明净没有烟雾，桑柘在初晴的雨后更加苍翠。年终岁尾美酒已经酿好，村落中家家户户迎来送往待客忙。

隋唐·敦煌壁画《雨中耕作图》

表现的是乡村农家雨中耕作的情景。画面上雨丝如织，农夫有的扬鞭驱牛犁地，有的荷锄而归。画面清新自然，一派田园景象。

春饮

徐凝

乌家若下蚁还浮[①]，白玉尊前倒即休[②]。
不是春来偏爱酒，应须得酒遣春愁。

【难点疏通】

①乌家若下：乌程（今浙江湖州）出产的名酒若下春。蚁：浮在酒上的泡沫。 ②玉尊：玉制的酒杯。

【诗义解说】

若下春酒泡沫浮，醉倒杯前才肯休。不是春来更爱饮酒，应是以酒排遣春愁。

清·恽寿平《山水图·春山暖翠图》

画面春光明媚中，绿荫环抱着美丽的村庄，村边池塘碧水依依，近处桃花盛开，绚烂明丽，一派盎然春意。

湘南春日怀古①

罗隐

晴江春暖兰蕙薰，凫鹥苒苒鸥著群②。
洛阳贾谊自无命③，少陵杜甫兼有文④。
空阔远帆遮落日，苍茫野树碍归云。
松醪酒好昭潭静⑤，闲过中流一吊君。

【难点疏通】

①湘南：湖南衡阳一带。诗人于咸通十一年(870)官衡阳县主簿。　②凫鹥：泛指水鸟。凫，野鸭。鹥，鸥。　③洛阳贾谊：汉代洛阳人贾谊年少有才，迁太中大夫，被谗言所害，被贬为长沙王太傅。见《史记·贾生列传》。　④少陵杜甫：杜甫祖籍京兆杜陵（今陕西西安市东），自称“杜陵野老”。兼有文：杜甫曾于大历三年(768)漂泊于湖湘一带，留下许多诗篇。　⑤松醪酒：用松树物料所造的酒，通称“松醪酒”，是古代一种非常时尚的美酒。尤其在唐代，松醪酒最为兴盛，不仅是千家万户的日常饮用之物，更是诗人创作的灵感所在。昭潭：在今湘潭市内的湘江中，因东岸有昭山而得名。

【诗义解说】

春江水暖兰蕙香弥漫，凫鸟翩飞江鸥一群群。贾谊被贬居此命途舛，杜甫也曾漂泊这里留诗篇。江水廓寥日落孤帆远，野树苍茫归云被阻拦。松醪味美昭潭平静卧，江中漂来我悠闲的凭吊人。

清·恽寿平《山水花鸟图》

图中古树数株，树下芳草萋萋，雾霭弥漫，鸥鸟展翅。画风清丽秀润，独具一格。

乌 程①

罗隐

两府攀陪十五年②，郡中甘雨幕中莲③。
一瓶犹是乌程酒④，须对霜风泪泫然。

【难点疏通】

①乌程：县名，境内有乌、程二氏，皆善酿酒而得名。在今浙江省吴兴县。　②两府：指镇海、镇东两节度使府，均由钱缪节制。攀陪：攀附投靠。十五年：罗隐于光启三年(887)投钱缪，至此已十五年。　③郡中甘雨：东汉淮阴太守郑弘有惠政，于春季巡县，时逢天旱，他的车子所到之处，雨随之而降。后世以此为称颂太守惠民感天的典故。幕中莲：南朝齐卫军将军王俭，多辟才士为幕僚，时人称王俭府为莲花池，后世以莲花府喻指幕府。　④乌程酒：据唐·李肇《国史补》卷下：“酒则有郢州之富水，乌程之若下，荥阳之土窟春，富平之石冻春，剑南之烧春……”

【诗义解说】

攀附投靠两府十五年，亲眼目睹太守惠民礼贤。瓶中美酒既是乌程好，面对秋风清霜还会泪潸然。

宋·李成《寒林平野图》

画面枯枝寒林，野水烟云笼罩着寒意。墨色清淡，风格清空，意韵悠远。

赠富平李宰[1]

郑谷

夫君清且贫[2]，琴鹤最相亲。
简肃诸曹事[3]，安闲一境人。
陵山云里拜[4]，渠路雨中巡[5]。
易得连宵醉，千缸石冻春[6]。

【难点疏通】

①富平：唐京兆府属县，今陕西富平县。李宰：李姓县令。 ②夫君：指李宰。 ③简肃：清廉严正。诸曹：各部门。 ④陵山：富平县境内有唐中宗、代宗、顺宗、文宗、懿宗之陵。见《长安志》卷十九。 ⑤渠路：富平县境内有郑国渠、北白渠、堰武渠、长泽渠、永济渠等。见《长安志》卷十九。 ⑥石冻春：富平出产的一种名酒。唐·李肇《国史补》卷下：“酒则有……荥阳之土窟春，富平之石冻春，剑南之烧春……”

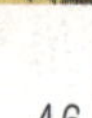

【诗义解说】

县令先生很清贫，平日琴鹤相伴亲。为政清廉又严正，全县民众太平又安闲。山中云里拜帝陵，考察水渠雨中巡。若想得到连夜醉，自有千缸石冻春。

宋·赵佶《听琴图》

此图构图简洁，人物生动传神，弹者投入，听者专注。背景是高耸的苍松，烘托出静谧幽雅的气氛。

常林欢[1]

温庭筠

宜城酒熟花覆桥[2]，沙晴绿鸭鸣交交[3]。
秾桑绕舍麦如尾[4]，幽轧鸣机双燕巢[5]。
马声特特荆门道[6]，蛮水扬光色如草[7]。
锦荐金炉梦正长[8]，东家呃喔鸡鸣早[9]。

【难点疏通】

①常林欢：宋、梁间曲名。 ②宜城：县名，今湖北宜城县。自汉以来所产美酒负盛名。三国魏曹植《酒赋》有“宜城醪澧”之句。唐·李肇《国史补》卷下：“酒则有郢州之富水，乌程之若下，荥阳之土窟春，富平之石冻春，剑南之烧春……宜城之九酝……” ③交交：鸭子的鸣叫声。 ④秾：草木茂盛的样子。麦如尾：形容麦子抽穗时麦芒长如尾。 ⑤幽轧鸣机：燕子的鸣叫声。 ⑥特特：马叫声。荆门：山名，在今湖北宜都县西北。 ⑦蛮水：荆江。古时称荆州一带为蛮夷之地。 ⑧锦荐：以锦饰边的席子。金炉：金制香炉。 ⑨呃喔：鸡鸣叫声。

【诗义解说】

宜城酒熟时春花烂漫桥头，沙滩晴朗绿鸭交交叫不休。桑树茂盛环屋绕舍冬麦已抽穗，梁上双燕叽叽喳喳巢中诉衷情。荆门山路传来车马声，荆江春水碧波荡漾色如春草。香炉静卧人眠锦席梦正长，东邻的雄鸡已喔喔报天明。

清·禹之鼎《江乡清晓图》

画面上柳树新绿，桃花烂漫，林间屋舍若隐若现，远处田畦成片。柳边屋前，一妇携幼童，观看石矶上的老翁垂钓。笔墨工秀，设色艳丽，刻画精细。

赠段七娘[1]

李白

罗袜凌波生网尘[2]，那能得计访情亲[3]？
千杯绿酒何辞醉[4]？一面红妆恼杀人[5]。

【难点疏通】

①段七娘：歌姬，生平不详。　②罗袜凌波：形容女子体态或舞步的轻盈。曹植《洛神赋》：“凌波微步，罗袜生尘。”　③那能得计：以什么方式。访情亲：问候亲近。④绿酒：绿色的酒。此种颜色的酒多为米酒。　⑤红妆：酒后面红若涂红粉。恼杀人：形容段七娘的美态令人难以承受，令人心情难以平静。

【诗义解说】

舞步美妙体态轻盈，不知怎样与你亲近表心情。酒量惊人千杯不醉莫推辞，面飞红霞迷人娇态让人意难平。

晋·顾恺之《洛神赋图》

生动地描写了洛神凌波飘逸、顾盼生姿的神态。

酒色·酒味

独酌成诗

杜甫

灯花何太喜[①]，酒绿正相亲[②]。
醉里从为客[③]，诗成觉有神。
兵戈犹在眼，儒术岂谋身。
苦被微官缚，低头愧野人[④]。

【难点疏通】

①灯花：燃尽的灯芯如花状，故称。何太喜：古人以灯花为喜兆物。 ②酒绿：绿色的酒。 ③从：任从。 ④野人：山野之人。

【诗义解说】

油尽将残的灯花还谈什么喜兆，绿莹莹的酒才堪称我的亲人。醉乡中任由随处漂泊客居，欣赏自己的诗作还算有神韵。战乱的兵戈仿佛就在眼前，满腹的儒学哪里可谋生。一个小官束缚了生命实在可悲，低头惭愧不如山野之人自由悠闲。

明·蓝瑛《山水图》

此图画春天的山水景色。画中枯木老枝春花绽放，高山流瀑跌宕奔泻，溪水清流鸣唱。小桥上红衣隐者缓缓漫步。全图青绿、浅绛相融，风格明快。

对雪

杜甫

战哭多新鬼[①]，愁吟独老翁[②]。
乱云低薄暮，急雪舞回风[③]。
瓢弃尊无绿[④]，炉存火似红。
数州消息断[⑤]，愁坐书正空[⑥]。

【难点疏通】

①新鬼：指刚刚战死沙场的官兵。②老翁：杜甫自指。③回风：旋风。④绿：绿色的酒。⑤数州：杜甫家人在战乱中分处几个州。⑥书正空：在空中书写。《世说新语·黜免》："殷中军被废，在信安终日恒书空作字……唯作'咄咄怪事'四字而已。"

【诗义解说】

又增加了那么多刚刚战死的鬼魂，孤独吟诗有我忧愁的老翁。乱云低垂薄暮笼罩，大雪劲舞在旋风中。无酒可舀瓢可弃，炉中余火徒自红。各州的消息都已断，坐在那里书写忧愁于空中。

明·吴伟《霸桥风雪图》

风雪迷蒙中，远山、庙宇、丛林隐约可见，溪水缓缓流动，几被阻滞。近景没有被雪覆盖的山棱纹路清晰，老树遒劲。寒气笼罩的石桥上一骑驴老者迎着风雪艰难前行。整个画面生动传神，色彩浓淡相宜。

戏招诸客 白居易

黄醅绿醑迎冬熟①，
绛帐红炉逐夜开②。
谁道洛中多逸客③，
不将书唤不曾来。

【难点疏通】

①醅：未过滤的酒。醑：酒的美称。 ②绛帐：红色帷幕。指讲学之讲席。 ③逸客：闲逸之人。

【诗义解说】

黄色、绿色的美酒入冬已酿熟，红色帷幕中每夜炉火通红。谁说洛中的闲人多，不用信函邀请不会有人来。

明·沈士充《梁园积雪图》

白雪覆盖的山脚下，依湖而卧的屋宇厅堂内两人对坐，他们把酒话诗，其乐融融。屋外雪径上，一老者踏雪来访。画面一派淡雅静谧。

问刘十九[①] 白居易

绿蚁新醅酒[②]，红泥小火炉。
晚来天欲雪，能饮一杯无[③]。

【难点疏通】

①刘十九：诗人朋友刘轲，隐居庐山。 ②绿蚁：指浮在新酿的没有过滤的米酒上的绿色渣滓。醅：没有过滤的酒。 ③无：犹“否”。

【诗义解说】

新酿的米酒没有过滤色绿香浓，小小红泥火炉烧得温暖通红。夜晚来临天将下大雪，能不能和我一起喝上一杯？

南宋·夏圭《雪堂客话图》

图中皑皑群山环绕，玉树掩映。山谷中小屋依河而立，室内两人对饮，窗子透出无限暖意。天空昏暗，雪谷洁白，一片静谧的冬日景象。

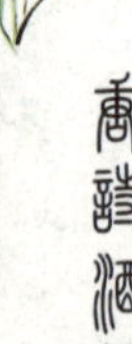

新丰主人

储光羲

新丰主人新酒熟[①]，旧客还归旧堂宿。
满酌香含北砌花[②]，盈尊色泛南轩竹[③]。
云散天高秋月明，东家少女解秦筝[④]。
醉来忘却巴陵道[⑤]，梦中疑是洛阳城。

【难点疏通】

①新丰：即今西安临潼市。新丰之名，起于汉代。汉高祖刘邦生于丰里，建立汉朝，尊其父为太上皇。太上皇在长安思念故乡，刘邦便命巧匠依故乡丰里的样子建造新城，名曰新丰。新丰建成后，太上皇想喝家乡的酒，刘邦又请来家乡的酿酒匠按家乡的方法酿造美酒，从此新丰美酒享誉天下，文人、墨客多有吟咏。 ②满酌：满杯。砌：台阶。 ③轩：有窗的小屋。 ④东家少女：泛指美女。《宋玉·登徒子好色赋》："天下之佳人，莫若楚国；楚国之丽者，莫若臣里；臣里之美者，莫若臣东家之子。东家之子，增之一分则太长，减之一分则太短；著粉则太白，施朱则太赤，眉如翠羽，肌如白雪，腰如束素，齿如含贝；嫣然一笑，惑阳城，迷下蔡。"秦筝：秦人善弹筝，故称。此泛指弦乐器。 ⑤巴陵：唐郡名，治所在今湖南岳阳。

【诗义解说】

新丰主人新酿酒已熟，老客人还是回到老客栈宿。满杯含香犹如北阶鲜花，青纯颜色就像南轩翠竹。天高云淡秋月明又亮，倾城美女善于弹筝琴。醉后不知身处巴陵路，梦中以为还在洛阳城。

五代·关仝《关山行旅图》

图中峰峦叠嶂，气势峻伟，深谷之间，溪水潺潺，小桥静卧。村舍茅店密布。野市中人们穿梭往来，热闹非凡。更有鸡犬相闻，洋溢着北方山村的生活气息。

将进酒[1]

李贺

琉璃钟[2]，琥珀浓[3]，小槽酒滴真珠红[4]。
烹龙炮凤玉脂泣[5]，罗屏绣幕围香风[6]。
吹龙笛，击鼍鼓[7]，皓齿歌，细腰舞[8]。
况是青春日将暮，桃花乱落如红雨[9]。
劝君终日酩酊醉，酒不到刘伶坟上土[10]。

【难点疏通】

①将进酒：乐府曲名。《宋书》：“汉《鼓吹铙歌》十八曲有《将进酒曲》，古辞云：‘将进酒，乘大白。’大略以饮酒放歌为言。” ②琉璃钟：古代的玻璃杯，饮酒用具，晶莹透明。 ③琥珀浓：指酒的颜色像琥珀一样，呈红色。 ④小槽：古时酒器上的一个部件，酒由此缓缓流出。真珠红：状如珍珠的红色酒。 ⑤烹龙炮凤：珍异的菜肴。玉脂泣：烹制时的爆油声。 ⑥罗屏绣幕：用绫罗锦绣做的帷幕。极言饮酒环境的幽雅。围香风：弥漫着香气。 ⑦龙笛：龙形笛。鼍鼓：鼍皮鼓。鼍，鳄类爬行动物。 ⑧皓齿：歌女。细腰：舞女。 ⑨如红雨：形容花瓣纷纷飘落。 ⑩刘伶：晋竹林七贤之一，嗜酒。《晋书·列传十九·刘伶》：“常乘鹿车，携一壶酒，使人荷锸而随之，谓曰：‘死便埋我。’” 著《酒德颂》。

【诗义解说】

晶莹剔透琉璃钟，浓酒犹如琥珀红，颗颗滴落珍珠形。美味佳肴忙炮制，绫罗锦帐笼香风。龙笛婉转，鼍鼓声声，轻歌曼舞助酒兴。青春时节终日醉，花样年华终随风。权且终日酩酊醉，美酒不倾刘伶坟。

明·万邦治《醉饮图》

此画根据杜甫《饮中八仙歌》诗意而作。画面上，柳荫下，流泉边，八位高人已各呈醉态，有的醉卧而眠，有的仍在痛饮，有的还捧杯劝酒，有的摆手表示不能再饮。两位童子一个倒酒，一个服侍醉者。四周酒罐、酒壶、琴棋书画散落一地。整个画面人物生动形象，趣味横生。

久不见韩侍郎，戏题四韵以寄之[1] 白居易

近来韩阁老[2]，疏我我心知[3]。
户大嫌甜酒[4]，才高笑小诗[5]。
静吟乖月夜[6]，闲醉旷花时[7]。
还有愁同处，春风满鬓丝。

【难点疏通】

①韩侍郎：指白居易好朋友韩愈，时官尚书省兵部侍郎。 ②阁老：唐代两省（中书省、尚书省）官员互相尊称“阁老”。时白居易官中书省中书舍人。 ③疏：疏远，不经常走动。 ④户大：酒量大。甜酒：质量不高的米酒，甜味浓，酒量大者不喜甜酒。 ⑤小诗：篇短水平不高的诗。这里是作者自谦。 ⑥静吟：独自一人吟诗。乖：辜负。 ⑦旷花时：错过花期。

【诗义解说】

韩阁老近来疏远我，原因为何我心知。酒量太大嫌我的粗酒甜，才气太高笑我小诗的水平低。一人静吟定会辜负清朗月色，独自饮酒岂不错过春日花期？何况你我同有感伤意，那就是春风吹鬓岁月不待人。

清·吴历《湖天春色图》

此图采用透视之法，将平远的构图处理得极具层次，近、中、远三处柳树位置适中，湖水如镜，斜径蜿蜒向远方延伸，湖边芳草萋萋，禽鸟悠然，远山清远。可谓湖光山色，尽收眼底。

荔枝楼对酒[1]

白居易

荔枝新熟鸡冠色，烧酒初开琥珀香[2]。
欲摘一枝倾一盏，西楼无客共谁尝。

【难点疏通】

①荔枝楼：在忠州（今四川忠县），忠州盛产荔枝，白居易任忠州刺史时建荔枝楼并题额。 ②烧酒：指各种透明无色的蒸馏酒，一般又称白酒。琥珀香：琥珀是松柏科植物的树脂所形成的化石，有奇香。

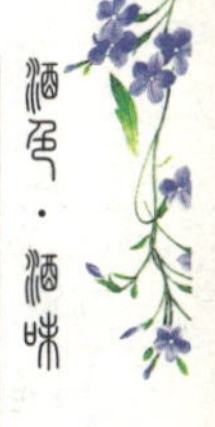

【诗义解说】

荔枝刚熟颜色像红红的鸡冠，新烧的白酒乍开散发琥珀的馨香。有心摘颗荔枝泡进酒杯里，无奈楼上无人和我共同品尝。

清·罗聘《荔枝图》

画面的荔枝树枝叶繁茂，枝叶间点缀着密密实实的红荔枝。树叶以色彩的浓淡来表明老嫩向背，达到了很好的视觉效果。

府酒五绝·辨味[1]

白居易

甘露太甜非正味[2]，醴泉虽洁不芳馨[3]。
杯中此物何人别[4]，柔旨之中有典刑[5]。

【难点疏通】

①府酒：依官法酿造的酒，官买官卖。 ②甘露：甜美的露水。 ③醴泉：甜美的泉水。 ④杯中此物：古人称酒为“杯中物”。 ⑤柔旨：柔美。这里指酒令人回味的醇香。典刑：典范，规范。

【诗义解说】

甘露太甜味不醇，醴泉纯洁不芳香。杯中美酒无可比，柔美醇香是典型。

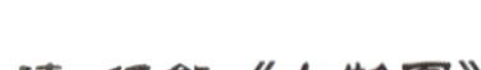

清·任熊《人物图》

图中一妇人双手托着杯盘迎面走来，前一小童手持艾草，回头凝望。全幅画线条明快，色彩艳丽，人物造型传神，有呼之欲出之效果。

寄李袁州桑落酒[①] 郎士元

色比琼浆犹嫩[②]，香同甘露仍春[③]。
十千提携一斗，远送潇湘故人[④]。

【难点疏通】

①李袁州：李嘉佑，于大历六年为袁州刺使。桑落酒：桑叶落时酿造的酒。唐代著名的宫廷用酒。《旧唐书·职官志》："若应进者，则供春暴、秋清、酴醾、桑落等酒。"此酒酿造的历史悠久，魏晋以来，成为文士的上等饮品，诗人庾信有"蒲城桑落酒，灞岸菊花香"的诗句。北魏·杨炫《洛阳迦蓝记》赞其"饮之香美，醉而经月不醒"。《魏书·汝南王悦传》："清河王怿为元叉所害，悦了无仇恨之意，乃以桑落酒候伺之，尽其私佞。"可见，桑落酒是当时朝中权贵心目中最好的酒。明·刘绩《霏雪录》："河东桑落坊，有井，每至桑落时，取水酿酒甚美，故名桑落酒。" ②琼浆：传说中的仙酒。 ③甘露：一种解释为甜美的露水。一种为甘露饭，即佛教中的如来佛的斋饭，佛门中最好的饭，味香。这里当取此意。 ④潇湘故人：指李嘉佑。

【诗义解说】

（桑落酒）颜色堪比琼浆玉液，味道犹如甘露香甜。十千一斗不嫌贵，送别朋友千里行。

清·王原祁《云壑流泉图》

画面山峰重峦叠翠，清泉沿着山势蜿蜒流出，气势恢弘中孕蓄着柔润清醇。

忆酒寄刘侍郎[①] 卢仝

爱酒如偷蜜，
憎醒似见刀。
君为麴蘖主[②]，
酒醴莫辞劳[③]。

【难点疏通】

①刘侍郎：生平不详。 ②麴蘖：也称酒曲、酒引。酿酒用的发酵剂。《书·说命下》："若作酒醴，尔惟麴蘖。"也用来代指酒。《宋书·颜延之传》："交游闒茸，沉迷麴蘖。" ③酒醴：指甜酒。

【诗义解说】

爱酒就像偷喝蜜，憎恶清醒好像见了刀。谁不知道你是一代酒主，何况此酒味甜你莫推辞。

清·陆治《唐人诗意图·踏雪沽来》

此图写唐代诗人杜旬鹤"就船买得鱼偏美，踏雪沽来酒更佳"诗意。画面上，湖水平静，湖边对岸山峦银装素裹，山下屋中一人正隔窗买渔夫刚打上来的鱼；湖这边岸上，一人手拎酒壶，踏雪而归。对岸屋内的桌上，菜肴已经摆好，好像等待打酒人的归来。整幅画清雅平淡，诗情画意跃然纸上。

酒器·酒具

冬日宴

骆宾王

二三物外友[①]，一百帐头钱[②]。
赏洽袁公地[③]，情披乐令天[④]。
促席鸾觞满[⑤]，当炉兽炭然[⑥]。
何须攀桂树[⑦]，逢此自流连。

【难点疏通】

①物外友：超然世外的朋友。 ②帐头钱：买酒的钱。《晋书·阮修传》：“（修）常步行，以百钱挂杖头，至酒店，便独酣畅。” ③袁公地：郊园游宴之所。《南史·袁粲传》：晋袁粲任中书令加丹阳尹，常信步郊野或民间园林，与偶遇者共赏共饮。后世以此为郊园游宴的典故。 ④乐令天：晋名士乐广，尚清谈，风神朗澈。卫伯玉将他比做人中之镜，给人以披云雾见青天之感。《世说新语·赏誉上》：“卫伯……见乐广与中朝名士谈议，奇之……命子弟造之曰：‘此人，人之水镜也，见之若披云雾睹青天’。” ⑤促席：席地促膝而坐。鸾觞：刻有鸾鸟形图案的酒杯。 ⑥兽炭然：制成兽形的炭，用以温酒。《晋书·羊琇传》：羊琇性豪侈，用屑炭和作兽形以温酒，洛阳豪贵竞相效仿。然，同“燃”。 ⑦攀桂：《楚辞·招隐士》：“桂树丛生兮山之幽……攀援桂芝兮聊淹留。”后用“攀桂”作为游赏山林典故。

【诗义解说】

相邀三两个超然世外的朋友，带上百八十的钱供买酒。来到郊外乐园欢情赏景，人人风神朗澈情形犹如乐青天。席地而坐促膝相谈斟满鸾形杯，炉中的炭火燃烧正可来温酒。何必专拣名贵的山林游览，这里的美景同样让人流连忘返。

新石器时代中期《船形彩陶壶》

壶形为横式扁身，宽肩小底，肩上双耳如同肩章，两头如船形上扬。壶身有装饰网纹，简洁明快，古朴文雅。

秋菊

骆宾王

擢秀三秋晚[①]，开芳十步中[②]。
分黄俱笑日，含翠共摇风。
碎影涵流动，浮香隔岸通。
金翘徒可泛[③]，玉斝竟谁同[④]？

【难点疏通】

①擢秀：植物蓬勃生长。三秋：秋季的第三个月，即农历九月。 ②开芳十步：《说苑·谈丛》："十步之泽，必有香草；十室之邑，必有忠信。" ③金翘：黄色的菊花，此指菊花酒。泛：泛觞，酒令的一种，相当于传杯而饮，只不过此为在河水中传杯。 ④玉斝：玉质的酒器，圆口，三足。

【诗义解说】

三秋九月菊花生机蓬勃，簇簇丛丛竞相绽放吐芬芳。金黄色的花朵含笑在阳光下，翠绿的枝叶在清风中摇曳。倒映在水中的碎影随波流动，飘散的香气一直弥漫河对岸。盛满菊花酒的杯子不知泛向哪里，又和谁共举玉杯同赏清秋美景？

夏代《乳钉纹爵》

此为青铜器，器形玲珑精巧，纹路简练朴素，束腰平底，三足支撑，整体造型舒展空灵。

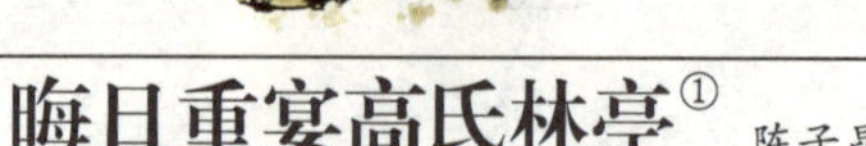

晦日重宴高氏林亭[①]

陈子昂

公子好追随，爱客不知疲[②]。
象筵开玉馔[③]，翠羽饰金卮[④]。
此时高宴所，讵减习家池[⑤]。
循涯倦短翮[⑥]，何处俪长离[⑦]。

【难点疏通】

①晦日：农历正月的最后一天。 ②三国魏曹植《公宴》有“公子敬爱客，终宴不知疲”之句。公子：贵族子弟。这里指高正臣，即题中的高氏。追随：效仿前人行为或事迹。 ③象筵：精美奢华的席宴。玉馔：珍贵的美食。 ④翠羽：翠鸟的羽毛。这里指雕刻成羽毛形的图案。卮：饮酒器。 ⑤讵：岂。习家池：汉侍中习郁在襄阳岘山南修建的养鱼游宴之所，晋征南将军山简镇守襄阳，常在这里醉饮。这里以习池宴来比喻高氏林亭之宴。 ⑥短翮：短羽，喻才力短浅。 ⑦俪：并，相当。长离：凤凰之类的灵鸟。

【诗义解说】

高氏公子喜欢效仿前人，宴请宾客不知疲倦。席宴奢华美食很珍贵，金色酒杯羽毛图案作装饰。此时高家的宴饮处，哪里不如习家池。才力短浅疲倦于天涯追索，哪里能和凤凰一类的灵鸟并驾齐驱？

新石器时代·大汶口文化《黑陶高柄杯》

出土于山东安邱县。此为饮酒器，黑陶质地坚硬，打磨后外表光亮。杯脚很高，杯口圆润，整体造型简单质朴。

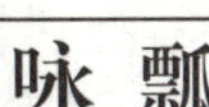

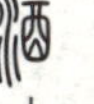

咏瓢

张说

美酒酌悬瓢①，真淳好相映。
蜗房卷堕首②，鹤颈抽长柄③。
雅色素而黄，虚心轻且劲。
岂无雕刻者，贵此成天性。

【难点疏通】

①悬瓢：古代盛酒器。另说，相传许由饮水无杯，有人赠以一瓢，由饮毕，悬于树上。后以为隐居的典故。 ②蜗房：瓢的主体犹如蜗壳一样。堕首：光滑的头。 ③鹤颈：瓢的把柄如鹤颈。抽：引出。

【诗义解说】

悬瓢用来斟美酒，瓢的形状古朴又真淳。光华的瓢头如蜗牛卷曲的壳，鹤颈一样引出瓢把柄。颜色泛黄素又雅，轻而坚固心虚空。难道不是雕刻而成，天然成形多么珍贵。

清·吴昌硕《葡萄葫芦图》

以写意之笔描绘了从葡萄架上悬挂而下的葫芦，葫芦色泽鲜亮，叶片纹理清晰，上部紫色的葡萄点缀茂密的叶片中。全图疏密有致，自然有趣。

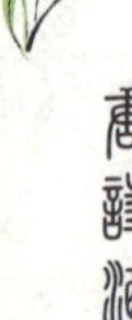

凉州词 王翰

葡萄美酒夜光杯[①]，
欲饮琵琶马上催[②]。
醉卧沙场君莫笑[③]，
古来征战几人回。

【难点疏通】

①夜光杯：白玉杯。据《十洲记》载：周穆王时西胡献夜光常满杯，杯是白玉之精，光明夜照，故称夜光杯。 ②此句意思是，正要开宴畅饮时，马上的乐队奏起了琵琶。③沙场：战场。

【诗义解说】

白玉杯中盛满葡萄酒，正要开饮马上的乐队奏起了琵琶来助兴。不要嘲笑我们醉倒在沙场上，自古以来征战在外者几人能回来。

唐《刻花玉杯》

1970年出土。高3.5厘米，口径10厘米—5.5厘米，玉质，白色，半透明，杯口椭圆形，四周呈八瓣花形，外壁刻满花叶，纹理清晰有致。

咏山樽二首　李白

其一

蟠木不雕饰①，且将斤斧疏②。
樽成山岳势，材是栋梁馀③。
外与金罍并④，中涵玉醴虚⑤。
惭君垂拂拭，遂忝玳筵居⑥。

其二

拥肿寒山木⑦，嵌空成酒樽。
愧无江海量，偃蹇在君门⑧。

【难点疏通】

①蟠木：根干盘曲的树木。不雕饰：天然之态。　②疏：雕刻。　③栋梁馀：非栋梁之材。　④金罍：贵重的酒器。罍，古代器名，用以盛酒等。　⑤玉醴：白色的甜酒，这里指名贵的酒。　⑥忝：有愧于，忝列。玳筵：华丽奢侈的席筵。　⑦拥肿寒山木：粗大而不成材之木。　⑧偃蹇：困顿窘迫的样子。

【诗义解说】

其一

天然盘曲的树木，姑且用斧头来雕刻。做成酒樽像山岳，用的却非栋梁材。和尊贵的酒器并列在一起，里面装的却非名贵酒。愧对您俯身的擦拭，也忝列您于华丽奢侈的席筵。

其二

粗大不成材的山木头，镂空做成盛酒的樽。惭愧没有江海的容量，窘迫困顿依附在您家门。

西周《何尊》

高38.8厘米，口径28.8厘米，陕西宝鸡出土。青铜，做工精良，纹饰富有立体感，尊底有铭文112行，122字，记述了周成王建成周都城时在祭典上所作的诰辞，艺术价值很高。

襄阳歌

李白

落日欲没岘山西①，倒著接篱花下迷②。
襄阳小儿齐拍手，拦街争唱《白铜鞮》③。
旁人借问笑何事，笑杀山公醉似泥④。
鸬鹚杓，鹦鹉杯⑤。
百年三万六千日，一日须倾三百杯。
遥看汉水鸭头绿，恰似葡萄初酦醅⑥。
此江若变作春酒，垒曲便筑糟丘台⑦。
千金骏马换小妾，醉坐雕鞍歌落梅⑧。
车旁侧挂一壶酒，凤笙龙管行相催⑨。
咸阳市中叹黄犬⑩，何如月下倾金罍？
君不见晋朝羊公一片石⑪，龟头剥落生莓苔⑫。
泪亦不能为之堕，心亦不能为之哀。
清风朗月不用一钱买，玉山自倒非人推⑬。
舒州杓，力士铛⑭，李白与尔同死生。
襄王云雨今安在⑮？ 江水东流猿夜声。

【难点疏通】

①岘山：在今湖北襄阳市南。 ②倒著接篱：反戴头巾。接篱，古代一种头巾。《晋书·山简传》："简每出游嬉，多之池上，置酒辄醉……有儿童歌曰：'山公出何许，往至高阳池。日夕倒载归，酩酊无所知。时时能骑马，倒著白接篱。'" ③《白铜鞮》：流行于襄阳一带的童谣，多为送别之词。 ④"旁人"两句：见注②。 ⑤鸬鹚杓：状如鸬鹚的长柄酒勺。鸬鹚为水鸟的一种，颈长。鹦鹉杯：螺壳制成的酒杯，形状和颜色近于鹦鹉的嘴。 ⑥鸭头绿：像鸭头一样的绿色。酦醅：重酿且没有过滤的酒。酒再酿为酦，未过滤为醅。 ⑦糟丘：东汉·王充《论衡》："纣沉湎于酒，以糟为丘，以酒为池。"糟，酒糟。酿酒的余渣。 ⑧"千金"二句：骏马换小妾，古代乐府有《爱妾换马》诗题。三国时人曹彰也曾用爱妾换马。这里诗人用此典强调马的名贵。落梅：《梅花落》曲。 ⑨催：劝酒。 ⑩黄犬：《史记·李斯列传》：李斯将为秦二世所杀，刑前对儿子叹息自己想过悠闲的生活："吾欲与汝复牵黄犬俱出上蔡东门逐狡兔，岂可得乎？"此典常用作说明居官得祸的命运。 ⑪羊公一片石：《晋书·羊祜传》：羊祜镇守荆襄时，常到岘山置酒吟咏，发人生感喟。因生前政绩卓著，死后襄阳百姓于岘山建碑立庙以纪念他。到此祭奠的人往往落泪，故碑称为"堕泪碑"。 ⑫龟头：古代的碑座形状像龟。⑬玉山自倒：《世说新语·容止》："嵇康……风姿特秀。见者叹曰：萧萧肃肃，爽朗清举。……其醉也，傀俄若玉山之将崩。" ⑭舒州杓：舒州的酒勺。舒州今属安徽省安庆

市，唐代贡酒器。力士铛：力士，古代官名。主管金鼓旗帜，随皇帝车驾出入及守卫四门。铛，古代用以温酒的器具。勺和铛是配套使用的，这里代指名贵的酒器。 ⑮襄王云雨：宋玉《高唐赋序》：昔者楚襄王与宋玉游于云梦之台，望高唐之观，其上独有云气，崪兮直上，忽兮改容，须臾之间，变化无穷。王问玉曰："此何气也？"玉对曰："所谓朝云者也。"王曰："何谓朝云？"玉曰："昔者先王尝游高唐，怠而昼寝，梦见一妇人曰：'妾，巫山之女也。为高唐之客。闻君游高唐，愿荐枕席。'王因幸之。去而辞曰：'妾在巫山之阳，高丘之阻，旦为朝云，暮为行雨。朝朝暮暮，阳台之下。'"

【诗义解说】

太阳下沉隐入岘山西，我像山简一样反戴围巾在花下沉迷。襄阳小孩儿拍手笑，当街拦我七嘴八舌唱着小曲《白铜鞮》。问问路旁行人大家笑什么，只因那似山简公的汉子醉如泥。鸬鹚酒勺长，鹦鹉酒杯美。人生百年三万六千日，一天应喝三百杯。远看汉水泛着鸭头般的绿，恰如重酿而没有过滤的葡萄酒。这条江若能变春酒，酿酒的酒曲也会垒成糟丘台。醉乘千金骏马雕鞍车，唱着小曲《梅花落》。车旁挂着一壶酒，笙管伴行奏的是劝酒歌。居官得祸悲叹咸阳道，怎比月下畅饮尽情酌。难道您不见晋朝羊祜的堕泪碑，碑座早已斑驳零落苍苔生。眼泪没必要为之流，心也不能因之悲。清风明月不用钱来买，醉酒自倒不是他人推。舒州杓，力士铛，李白愿和你们长伴共死生。巫山的神女何处见，只有东流的江水夜晚的猿哀鸣。

北宋《景德镇窑青白釉注子和钵》

景德镇窑以青白瓷著称，此注子和钵造型雍容大方，小兽作盖，颈直腹圆，下面托钵分为七瓣，用于温酒。底座倒立的小莲花瓣与肩上的装饰呼应。器物色泽光鲜，造型优雅，为名窑名品。

对酒

李白

蒲萄酒，金叵罗[①]，吴姬十五细马驮[②]。
青黛画眉红锦靴[③]，道字不正娇唱歌[④]。
玳瑁筵中怀里醉[⑤]，芙蓉帐底奈君何。

【难点疏通】

①蒲萄：即葡萄。叵罗：胡语酒杯。 ②吴姬：吴地歌女。细马：小马。 ③青黛：古代妇女画眉用的青黑色的颜料。 ④道字不正：吐字不清。 ⑤玳瑁筵：华贵的筵席。

【诗义解说】

葡萄酒斟满金杯，骑马歌女十四五岁。眉毛青黑锦靴红，吐字不清歌声柔。华贵筵席醉倒怀中，芙蓉帐中奈你何。

唐《乐伎八棱金杯》

高4.6厘米，口径7.2厘米，陕西西安出土。此杯为八棱形，外周刻八个奏乐胡人形象，风格华贵雄健，气势饱满，为唐代金器之佳品。

郑驸马宅宴洞中①

杜甫

主家阴洞细烟雾②，留客夏簟青琅玕③。
春酒杯浓琥珀薄④，冰浆碗碧玛瑙寒⑤。
误疑茅屋过江麓⑥，已入风磴霾云端⑦。
自是秦楼压郑谷⑧，时闻杂佩声珊珊⑨。

【难点疏通】

①郑驸马：玄宗之女临晋公主驸马郑潜曜，官至光禄卿。洞：长安郑驸马的故居莲花洞。 ②主家：公主之家。阴洞：阴凉的莲花洞。 ③夏簟：夏天用的竹席。琅玕：一种产于海底的像珍珠一样的美石，初出海为红色，久而青黑。此形容竹席的青翠之颜色。 ④春酒：冬季酿造，及春而成的酒。琥珀：用琥珀制作的酒杯。 ⑤玛瑙：碧绿的玛瑙制成的碗。 ⑥江麓：江畔山脚。 ⑦磴：山间石径。霾：阴云。 ⑧秦楼：传说春秋时萧史善吹箫，秦穆公之女弄玉嫁之，萧史日教弄玉吹箫，几年后，吹箫似凤声，凤止其屋。公为做凤台，夫妇止其上不下。数年，一旦皆随凤凰飞去。后世称公主所居之所为秦楼。事见《列仙传》。郑谷：郑朴隐居之谷口。汉人郑朴隐居于云阳谷口，汉成帝时大将军王凤以礼聘之，不应，事见《汉书·王贡两龚鲍传序》。 ⑨杂佩：用各种玉石连缀而成的玉佩。珊珊：玉石相互碰撞的声音。

【诗义解说】

公主家的莲花洞烟雾迷离好凉爽，夏天留客铺着青绿色的凉席。薄薄的琥珀杯斟满浓酽的春酒，碧绿的玛瑙碗盛着冰凉的琼浆。错误地怀疑这是江畔山脚下的茅草屋，还以为走进凉风习习隐在云端的山间小径。秦楼自然胜过山间的谷口，还不时听到玉佩碰撞的叮当声。

唐代《秘色瓷碗》

出土于陕西省扶风法门寺塔墓地宫。造型为葵口圆足，釉色青绿光润，细腻华美。

少年行二首（其一） 杜甫

莫笑田家老瓦盆①，
自从盛酒长儿孙②。
倾银注玉惊人眼③，
共醉终同卧竹根④。

【难点疏通】

①老瓦盆：旧的泥瓦盆。 ②长：长于。 ③倾银注玉：将酒从银瓶中倒入玉杯中。银瓶玉杯多为少年所用酒器。 ④卧竹根：倒卧在竹根旁。

【诗义解说】

不要笑话农家粗陋的旧瓦盆，它盛酒的历史甚至比儿孙的年纪还要长。少年的银瓶玉杯的确让人惊羡，但喝醉了还不是同样倒卧在竹根旁。

新石器时代《舞蹈纹彩陶》

属于马家窑文化，出土于青海省大通县。陶壁有3组相同的舞蹈人，他们排列整齐，手拉手，步调一致地翩翩起舞，很有节奏感。

守岁二首（其一）[①] 卢仝

去年留不住，年来也任他。
当垆一榼酒[②]，争奈两年何[③]。

【难点疏通】

①守岁：除夕夜摆宴长饮至天明，以辞旧迎新。 ②当垆：酒店代称。垆，酒店安放酒瓮、酒坛的土台子。榼：古代盛酒的器具。 ③争奈：怎奈，无奈。

【诗义解说】

将要逝去的一年留不住，新的一年任其来临不可遏。就算喝尽酒店榼中酒，又怎奈新旧两年何。

辽代《鎏金鹿纹皮囊壶》

出土于赤峰。这是目前发现的唯一一件辽代银质皮囊壶。此壶造型扁身单孔，形似卧鸡，细颈、椭圆形口、平底，腹部略鼓，盖为直口，顶部稍鼓，中间有一孔，提手形如鸡冠，中心有一圆洞，周边以银片加固。腹部鎏刻双重菱形图案，以鱼子纹作地，上面鎏有卧鹿、卷草、折枝花及叠石纹样。此壶具有典型的契丹文化特征，鎏金纹饰与素色银地形成对比，光彩夺目。

题禅院 杜牧

觥船一棹百分空①，
十岁青春不负公②。
今日鬓丝禅榻畔，
茶烟轻飏落花风。

【难点疏通】

①觥船一棹：觥船，大的饮酒器，用兽角制成。棹，船桨，此处代指觥船。 ②“十岁”句：诗人有“十年一觉扬州梦，赢得青楼薄幸名”（《遣怀》）的诗句。不负公：没有辜负您。公，指觥船。

【诗义解说】

大酒杯啊百分之百被喝空，十年的青春啊尽付公。青春不再花零落，茶烟禅榻伴余生。

西周早期《折觥》

1976年出土于陕西省扶风县。觥为古代的盛酒器，腹呈长方形，前端为羊头形，羊角弯垂。上有多种鸟兽浮雕，精美华丽，为青铜器中之上品。

竹枝词九首（其五） 刘禹锡

两岸山花似雪开，
家家春酒满银杯①。
昭君坊中多女伴②，
永安宫外踏青来③。

【难点疏通】

①银杯：本为银质酒杯，这里代指白色的酒杯。 ②昭君坊：在今湖北秭归县，王昭君的故里。 ③永安宫：故址在今重庆奉节市。汉末公孙述筑，蜀祖刘备崩于此，故曰永安宫。

【诗义解说】

两岸山花烂漫洁白如雪，家家尝春酒斟满银色酒杯。昭君坊中成群结伴的女孩儿，永安宫外踏青郊游兴味浓。

元代《银槎杯》

传说“槎”为来往于仙界的木筏。此杯呈老树状，纹理纵横，枝丫错落，如虬龙腾空。一老翁骑坐于槎上，右手持卷，左手后撑，银槎腹底刻有“百杯狂李白，一醉老刘伶。如得酒中趣，方留世上名”的诗句。

镜换杯

白居易

欲将珠匣青铜镜[①]，换取金尊白玉卮[②]。
镜里老来无避处，樽前愁至有消时。
茶能散闷为功浅，萱纵忘忧得力迟[③]。
不似杜康神用速[④]，十分一盏便开眉[⑤]。

【难点疏通】

①珠匣：亦谓“朱匣”。　②白玉卮：白玉制的酒杯。　③萱：萱草。古人以为萱草可以使人忘忧，故又称其为“忘忧草”。　④杜康：传说中酒的发明者，夏朝人。后作为美酒代称。　⑤十分一盏：满盏为十分。盏，小酒杯。

【诗义解说】

思量着用朱匣中的宝贝青铜镜，换取金尊白玉杯。镜里的老态无处逃，来到樽前有时愁可消。茶可解闷但功力浅，萱草解忧得力不及时。不如美酒见效快，满满一小杯便可展眉颜。

唐代《高士宴乐纹嵌螺钿铜镜》

出土于河南洛阳。此镜背面用螺壳镶嵌出宴乐的场面。从图像上看，有二老人坐于树下，一抚琴，一饮酒，安闲自若。稍远处有花树，树上有鸟，或栖或翔；树荫下一猫静卧，左侧一侍女提物侍立，而二老人前方有一鹤翩翩起舞，花鸟穿插其间，一派怡然自乐的图景。

对琴酒

白居易

西窗明且暖，晚坐卷书帷。
琴匣拂开后，酒瓶添满时。
角尊白螺盏[1]，玉轸黄金徽[2]。
未及弹与酌，相对已依依。
泠泠秋泉韵[3]，贮在龙凤池[4]。
油油春云心[5]，一杯可致之。
自古有琴酒，得此味者稀。
只因康与籍[6]，及我三心知。

【难点疏通】

①角尊：有角的盛酒器。白螺盏：白色螺壳做的酒杯。 ②玉轸：玉制的琴柱。徽：琴面指示音节的标志。 ③泠泠：声音清越悠扬。 ④龙凤池：指琴。龙凤为琴上的装饰图案。 ⑤油油：流动的样子，此指心旌摇荡。 ⑥康与籍：三国时的嵇康和阮籍。据载，嵇康善琴，临刑前奏古琴曲《广陵散》，阮籍嗜酒，闻步兵校尉缺，厨多美酒，求为此职。

【诗义解说】

西窗透过温暖明亮的阳光，傍晚坐在书卷的帷幕旁。打开琴匣，倒满美酒。有角尊和白螺壳的杯，还有玉制的琴柱金色的音符。琴还没弹酒未饮，对望相看已情意绵绵。秋日清泉般悠扬的声音，从琴中汩汩流出。春云一样流动的心情，只要一杯就可激动。自古琴酒解忧又娱性，此中滋味知者并不多。只有嵇康、阮籍加上我，我们三人心相通。

唐代《镶金牛首玛瑙杯》

此杯为牛首形，牛嘴镶金，杯口为圆形，造型优美别致。材料为世界上极为罕见的红玛瑙，深红和淡红之中夹杂着白色。在造型上因材施艺，依形布局，随形变化，对材料进行巧妙的雕琢。整体造型似牛非牛，兽眼黑白分明，目视前方，炯炯有神。兽首上的肌肉、两角纹理清晰。杯口圆润，线条流畅自然。

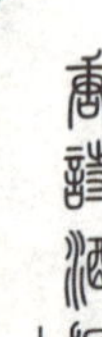

问少年

白居易

千首诗堆青玉案①，十分酒写白金盂②。
回头却问诸少年，作个狂夫得了无？

【难点疏通】

①青玉案：用青玉石做的几案。　②十分：酒满杯。写：同“泻”，倾泻。白金盂：银制的酒杯。

【诗义解说】

青玉几案堆诗千首，白银杯盏斟满美酒。回头问诸位少年朋友，作个狂妄之徒可否？

西汉《玉角形杯》

出土于广州西汉南越王墓。杯体轻薄，杯身以浅浮雕和双钩法制成连云装饰，精巧别致。

家园三绝（其二） 白居易

篱下先生时得醉[①]，瓮间吏部暂偷闲[②]。
何如家酝双鱼榼[③]，雪夜花时长在前。

【难点疏通】

①篱下先生：晋陶渊明好饮酒，曾有“采菊东篱下，悠然见南山”之句，后人以“篱下先生”称之。这里以陶自比。 ②瓮间吏部：《晋书·毕卓传》：“毕卓……少亦放达，泰兴末，为吏部郎，常饮酒废职。比邻郎酒熟，卓因醉，夜至其瓮间取酒饮。掌酒者不察，执而缚之，郎往视之，乃毕吏部也，遽释其缚。卓遂引主人宴于瓮侧，取醉而去。”这里以毕卓放荡不羁饮酒废职自喻。 ③家酝：自家酿的酒。双鱼榼：绘有双鱼图案的盛酒器。

【诗义解说】

陶渊明时常醉篱下，毕卓偷闲饮酒卧瓮间。双鱼榼里的家酿无可比，无论下雪的夜晚还是开花的春天都摆在眼前。

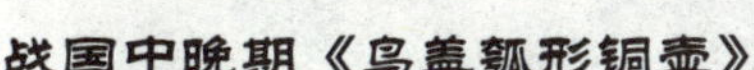

战国中晚期《鸟盖瓠形铜壶》

出土于陕西绥德。此壶为歪把葫芦形，盖为立雕伏鸟状，有粗壮的尖喙，鸟眼大而外凸，炯炯有神。壶身为葫芦形，颈长腹鼓，腹有雕刻蟠螭。造型别致，风格简洁而不乏细腻。

酒熟忆皇甫十①

白居易

新酒此时熟，故人何日来。
自从金谷别②，不见玉山颓③。
疏索柳花碗④，寂寥荷叶杯⑤。
今冬问毡帐，雪里为谁开。

【难点疏通】

①皇甫十：皇甫曙，时为泽州刺史。　②金谷：即金谷园，晋石崇所建，在河南县（今河南洛阳）西北金谷涧中。此代指洛阳。　③玉山颓：形容人的醉态。三国嵇康醉酒，其友山涛曰："其醉也，傀俄若玉山之将崩。"见《世说新语·容止》。　④疏索：萧疏零落的样子。柳花碗：刻有柳花图案的青瓷碗，饮酒具。　⑤荷叶杯：刻有荷叶图案的酒杯。

【诗义解说】

此时新酒已酿熟，老朋友你何时才能来？自从洛阳一相别，再也不见你醉酒的美态。柳花碗难免萧疏，荷叶杯也显得寂寞。问一声今冬的毡暮帐，张开为等谁？

元代《玻璃莲花托盏》

出土于甘肃省漳县。此盏由蓝色玻璃制成，半透明，口、腹为七瓣莲花，托的内圈为八边形，口沿稍扬，颜色稍浅于盏，是元代玻璃器皿中的珍品。

晚春酒醒寻梦得[1]

白居易

料合同惆怅，花残酒亦残。
醉心忘老易，醒眼别春难。
独出虽慵懒，相逢定喜欢。
还携小蛮去[2]，试觅老刘看[3]？

【难点疏通】

①梦得：刘禹锡，字梦得。　②小蛮：诗人自注云："小蛮，酒榼名也。"　③老刘：刘禹锡。

【诗义解说】

料想你我同惆怅，春花凋谢春酒残留。醉人心里容易忘记老，清醒的眼睛告别春天很艰难。虽然慵懒还是独自出了门，和你相逢一定欢喜非常。还要带上可爱的小蛮，试着找老刘一起来把玩。

南宋《鎏金银八角杯》

此杯整体呈圆形，背身和底座分为八角。杯的表面刻有仕子骑马在随从簇拥下纵情游乐的场面。八面画面既可连起欣赏，又可单独品味。压印技术、鎏金工艺均非常精细。

酒中十咏·酒篘[1]

皮日休

翠篾初织来，或如古鱼器。
新从山下买，静向甀中试[2]。
轻可网金醅[3]，疏能容玉蚁[4]。
自此好成功，无贻我罍耻[5]。

【难点疏通】

①酒篘：用竹篾编织的滤酒具。 ②甀：口小腹大的瓦瓮。 ③轻：指滤下的酒流小。金醅：黄酒。 ④疏：指滤下的酒流大。玉蚁：白酒。 ⑤罍：像壶一样的盛酒器。

【诗义解说】

竹篾编织酒篘，有点儿像古代的捕鱼具。刚刚从山下买来，慢慢地伸向酒瓮。黄酒密者过，白酒疏者滤。至此好酒才算成，不给酒壶留羞耻。

清·颜峄《秋林舒啸图》

画面中霜叶红艳，青松苍翠。一白衣高士坐于山岩巨石上，侍者泉中汲水，相互谈笑。画笔苍劲精微，色彩浓艳。

酒中十咏·酒床[1] 皮日休

糟床带松节，酒腻肥如羜[2]。
滴滴连有声，空疑杜康语[3]。
开眉既压后，染指偷尝处。
自此得公田[4]，不过浑种黍[5]。

【难点疏通】

①酒床：糟床，榨酒的工具，用时把酒糟放在酒床上压汁。 ②羜：幼羊。 ③杜康：传说中最早用秫酿酒的人。 ④公田：萧统《陶渊明传》：陶渊明为彭泽令，为有酒饮，公田悉令种秫。 ⑤黍：即秫。

【诗义解说】

松做糟床尚有结，酒糟浓酽如羔羊。滴滴流淌声声响，仿佛酒神杜康言。压后酒成笑颜展，偷尝美味以指沾。从此若得常有酒，不过种黍在公田。

元·方从义《东晋风流图》

湖水环抱，远山隐约。名士们坐于岸边水榭中，赏山水美景，饮酒赋诗。全图笔法雄放，湖水以淡墨，清秀润泽，山石树木以浓墨，苍茫厚重，表现了文人们放纵潇洒、超尘拔俗的精神世界。

酒中十咏·酒樽 皮日休

牺樽一何古[①]，我抱期幽客。
少恐消醍醐[②]，满拟烘琥珀[③]。
猿窥曾扑泻，鸟蹋经欹仄[④]。
度度醒来看[⑤]，皆如死生隔。

【难点疏通】

①牺樽：形似犀牛的盛酒器。 ②醍醐：从酥酪中提制出的油，佛教用以比喻佛性、智慧。 ③琥珀：松柏树脂的化石，多为褐色。这里指琥珀色的美酒。 ④欹仄：倾斜，歪倒。 ⑤度度：过一会。

【诗义解说】

犀牛样的酒樽多古老，等待相约的隐士我把它抱。酒少恐怕减弱佛性，装满后颜色如琥珀。猿猴偷见把它扑倒酒流泻，飞鸟踩踏歪歪斜斜地走过。不久清醒环顾看，都好像走过生死两世隔。

西晋《青瓷兽形尊》

出土于江苏宜兴。通体瘦长，呈椭圆形。上有对称耳，表面堆塑神兽，兽首和四肢俱逼真。兽首昂起，双眼突出，鼻孔朝天，张口含珠，吐舌露齿，长须蜷曲，垂至腹部，前肢上举，后肢卧地。构思巧妙，风格独具。

酒俗·酒事

耗磨日饮二首（其一）[1]

张说

耗磨传兹日，
纵横道未宜[2]。
但令不忌醉，
翻是乐无为[3]。

【难点疏通】

①耗磨日：古俗以正月十六日为耗磨日，在这一天，忌磨茶、磨麦和一切事物，官私不开仓库，皆停业饮酒。 ②纵横：横竖，即无论做什么。 ③翻：反而。

【诗义解说】

相传今天是耗磨日，无论何事都不宜做。唯有饮酒不忌讳，无所作为反而逍遥乐。

汉代《宴饮图》

四川出土汉代画像砖。图上宴饮的主人并排而坐，他们的前面放置着樽和杯盘。此时他们正在观赏宴乐舞。

九日进茱萸山五首（其三）张说

菊酒携山客①，
萸囊系牧童②。
路疑随大隗③，
心似问鸿蒙④。

【难点疏通】

①菊酒：菊花泡制的酒。古代风俗，农历九月九日重阳节登高，饮菊花酒，配茱萸囊可避灾长寿。　②萸囊：茱萸香囊。　③路疑：不知选择哪条路。大隗：神名。《庄子·徐无鬼》：“黄帝将见大隗乎具茨之山。”一说为古之至人。　④似：似乎，拿不准。鸿蒙：宇宙形成前处于混沌状态的自然元气。《庄子·在宥》：“云将东游，过扶摇之枝，而适遭鸿蒙。”

【诗义解说】

登山的游客携带菊花酒，放牧的童子配着茱萸囊。不知咋走就跟着大隗神，心中犹疑叩问自然的元气。

南宋·马远《踏歌图》

此画构图极具透视感，远景清淡简略，中景是马远典型的“一角景”，近景厚重精练。图中人物带着几分醉意，且歌且舞，其中一人肩扛酒壶，情趣盎然。

寒夜张明府宅宴[1] 孟浩然

瑞雪初盈尺，寒宵始半更。
列筵邀酒伴，刻烛限诗成[2]。
香炭金炉暖，娇弦玉指清。
醉来方欲卧，不觉晓鸡鸣。

【难点疏通】

①张明府：张愿，襄阳人，为奉先令，此时休假在乡。唐代称县令为明府。 ②刻烛限诗：古代的一种酒令，刻烛限韵为诗，四韵者刻一寸。一寸烧过不成者饮酒为罚。

【诗义解说】

瑞雪下了一尺，寒夜已经过半。朋友开席邀我喝酒，还玩起了刻烛为诗的游戏。金炉中的炭火散发着暖气，娇娘玉指弹奏轻柔的琴弦。喝醉了刚要躺下休息，不知不觉已鸡叫迎来晨曦。

宋·范宽《雪景寒林图》

画面描绘了雪乡奇美的景色。画面上群山叠玉，玉树琼枝。山间曲径蜿蜒，石桥静卧，三两茅屋点缀其间，带给人无限的暖意。

岁除夜会乐城张少府宅[①]

孟浩然

畴昔通家好[②]，相知无间然。
续明催画烛[③]，守岁接长筵[④]。
旧曲梅花唱[⑤]，新正柏酒传[⑥]。
客行随处乐，不见度年年。

【难点疏通】

①岁除夜：除夕夜。张少府：张子容，时为乐城尉。 ②畴昔：从前。通家好：世代交好。 ③画烛：绘有彩饰的蜡烛。 ④守岁：除夕之夜通宵不睡以辞旧迎新。长筵：宴席久而不散。 ⑤梅花唱：乐府《横吹曲辞》有《梅花落》。 ⑥新正：新年正月。柏酒：古代以柏叶浸酒，取长寿之意。

【诗义解说】

从前我们两家世代交好，相互了解没有隔阂。催促点上喜庆的画烛通宵达旦，守岁的酒宴久久不散。助兴的唱曲还是传统的《梅花落》，新年正月喝柏酒风俗留传。客游他乡处处可行乐，年复一年浑然不觉又岁除。

元·黄公望《九峰雪霁图》

描绘的是上海松江县西北的“松郡九峰”雪后天晴之景。画笔线条简练，勾画出雪后山峦的清洁素白。茅屋、林木、天空、小溪俱现，表现了清空的意境。

除夜乐城逢孟浩然[①] 张子容

远客襄阳郡[②]，来过海岸家[③]。
樽开柏叶酒[④]，灯发九枝花[⑤]。
妙曲逢卢女[⑥]，高才得孟嘉[⑦]。
东山行乐意[⑧]，非是竞繁华[⑨]。

【难点疏通】

①除夜：除夕之夜。乐城：唐县名，在今浙江乐清县。 ②远客：指孟浩然，襄阳人。 ③来过：来访。海岸家：乐城地处东海边，故称。 ④柏叶酒：柏叶浸泡的酒，古俗除夕饮用柏叶酒可避邪。 ⑤九枝：插九枝蜡烛的灯。 ⑥卢女：魏武帝时人，七岁入宫学琴，善为新声。此代指席中女琴手。 ⑦孟嘉：晋人，少有才名，文辞甚美。此喻指孟浩然。 ⑧东山：隐逸之所。东山在今浙江上虞县西南，晋谢安曾隐居于此。后“东山”成咏隐居的典故。 ⑨繁华：奢华。

【诗义解说】

襄阳远客除夕来造访，滨海之家款待忙。打开一樽柏叶酒，点亮九枝蜡烛灯。弹奏妙曲赛卢女，坐中的高才比孟嘉。山野隐客的欢乐情怀，和竞相攀比奢华无关联。

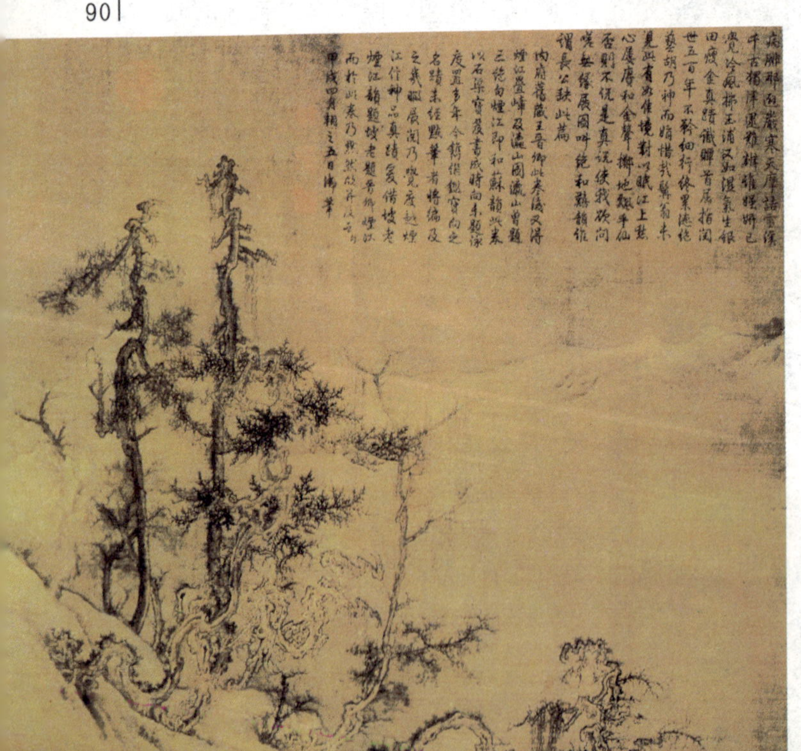

宋·王诜《渔村小雪图》

此图表现了初冬积雪在阳光下闪耀夺目的景象。未结冰的江面上，渔民在打鱼，山间的行人在赶路。全画以泼墨渲染为主，淳厚秀润，意境清爽萧疏。此处所选为局部。

送韩侍御之广德 李白

昔日绣衣何足荣①，
今宵贳酒与君倾②。
暂就东山赊月色③，
酣歌一夜送泉明④。

【难点疏通】

①绣衣：汉代有官职名曰绣衣直指。这里用以代指为官的身份和地位。一说绣衣乃彩绣的丝绸衣服，用以表示地位尊贵。 ②贳酒：借酒。贳，租借。 ③东山：东晋谢安辞职归隐处，在今浙江上虞境内。 ④泉明：东晋诗人陶渊明。唐高祖名讳“渊”，故唐人诗文中“渊明”多改称“泉明”。这里代指韩侍御。

【诗义解说】

往日的官宦有什么尊荣？今夜借酒和你一起畅饮。暂且从东山赊来皎洁的月光，一夜酣歌为你来送行。

元·盛懋《秋江待渡图》

画面由远景、近景组成，近景的土岗上，杂树扶疏，树下是待渡即将远行的行旅。溪边苇草在风中摇曳。远处山峦隐隐，山下水面一叶小舟漂荡，很有江边送别，前路莫辨之感。

千秋节有感二首（其二）[1]

杜甫

御气云楼敞[2]，含风彩仗高[3]。
仙人张内乐[4]，王母献宫桃[5]。
罗袜红蕖艳[6]，金羁白雪毛[7]。
舞阶衔寿酒[8]，走索背秋毫[9]。
圣主他年贵[10]，边心此日劳[11]。
桂江流向北[12]，满眼送波涛。

【难点疏通】

①千秋节：唐玄宗生于开元十七年八月五日，宰相张说等请以此日为千秋节。此诗作于大历四年(769)八月五日，回顾玄宗时每年八月五日朝中欢宴的盛况。 ②御气：御风。云楼：天宫的楼宇。 ③彩仗：色彩缤纷的仪仗。 ④仙人：宫中乐官、舞女。内乐：宫廷乐舞。 ⑤王母：西王母。宫桃：寿桃。 ⑥罗袜：指舞女。魏·曹植《洛神赋》有“陵波微步，罗袜生尘”之句，喻舞步的轻盈。蕖：荷花。 ⑦金羁：指舞马表演。白雪毛：唐郑处晦《明皇杂录》：“玄宗令教舞马四百匹……衣以文绣，络以金玲，间以珠玉。” ⑧舞阶：舞官。寿酒：祝寿的美酒。 ⑨走索：杂技表演，相当于今天的走钢丝。背秋毫：不差秋毫。 ⑩圣主：唐玄宗。他年：往年。 ⑪边心：忧边官之心。 ⑫桂江：即漓江。流向北：漓江发源于广西兴安县海阴山东北，流入湖南湘江。此诗作于湖南潭州，故有漓湘之叹。

【诗义解说】

云楼开敞降下祥瑞的紫气，彩仗浩荡携来喜悦的清风。玉女仙娥摆上乐队舞阵，西宫王母献上祝寿的仙桃。红袜舞女翩跹轻盈，舞马表演珠光似雪。口衔寿酒舞女风姿美，走绳表演艺人技艺高。圣主往年的贵庚庆，却是今天的边患日。桂江日夜流向北，带去我满眼的愁波汇江流。

元·赵孟頫《张果见明皇图》

描绘了唐明皇与神话传说中八仙之一的张果相见时的情景，构图稳定，人物安排疏密有致，画中八人形态各异，神情惟妙惟肖，自然生动，色调典丽。

人日两篇(其二)[1]

杜甫

此日此时人共得，一谈一笑俗相看。
尊前柏叶休随酒[2]，胜里金花巧耐寒[3]。
佩剑冲星聊暂拔[4]，匣琴流水自须弹[5]。
早春重引江湖兴[6]，直道无忧行路难[7]。

【难点疏通】

①人日：旧称农历正月初七为人日。 ②尊前柏叶休随酒：元日已过，饮酒不必再放柏叶。古代有柏叶浸酒元日（正月初一）共饮以祝寿和避邪之俗。 ③胜：人胜，用彩纸剪成人形的妇女头饰。《荆楚岁时记》：“正月七日为人日，以七种菜为羹，剪彩为人，或镂金薄（箔）为人，以贴屏风，亦戴之头鬓。”金花：指人胜上剪出的菊花。 ④佩剑冲星：《晋书·张华传》：“华登楼仰观斗牛之间有紫气，雷焕曰：‘宝剑之精上彻于天耳。’因问在何处。焕曰：‘在豫章丰城。’华乃补焕为丰城令。焕从县狱屋基下掘得二剑，雄曰干将，雌曰莫邪。其夜，斗牛间紫气消失。” ⑤匣琴流水：《列子·汤问》：“伯牙善鼓琴，钟子期善听。伯牙鼓琴，志在登高山，钟子期曰：‘善哉，峨峨兮若泰山。’志在流水，曰：‘善哉，洋洋兮若江河。’伯牙所念，钟子期必得之。” ⑥江湖兴：浪游江湖的兴致。 ⑦直道：直说。行路难：古乐府《杂歌曲辞》篇名，多咏世事艰难和离别悲苦。

【诗义解说】

此时此日本该人人共享有，互赏风俗扮相欢笑畅谈。饮酒无需再饮柏叶酒，彩色人胜巧以菊花来耐寒。暂且拔下宝剑寄托豪情，自弹高山流水无人来赏听。早春再一次引发浪游江湖的兴致，还直说不要害怕行路难。

宋·郭熙《早春图》

描绘了冬去春来，万物复苏的景象。图中水气浮腾，薄雾轻笼，新叶初发，春水欢腾，到处洋溢着春天的气息。

岁暇题茅茨①

钱起

谷口逃名客②，归来遂野心③。
薄田供岁酒④，乔木待新禽。
溪路春云重⑤，山厨夜火深。
桃源应渐好⑥，仙客许相寻。

【难点疏通】

①岁暇：年初闲暇的日子。茅茨：茅草房。 ②谷口：《汉书》载，成帝时隐士郑子真耕于谷口，后用于隐居之地的代称。逃名客：遁形远世的人。 ③遂：顺。野心：隐居山野之心。 ④岁酒：冬天酿制供新春饮用的酒。 ⑤春云：春雾。 ⑥桃源：桃花源，指诗人隐居之所。

【诗义解说】

我本隐居山野人，解甲归田顺了心。田薄尚可供岁酒，茂盛的乔木等待新来的鸟禽。春雾笼罩山间小路，山上的炊火旺盛暖人。隐居之所一点点地变好，神仙一样的宾客相互探询。

辽·佚名《丹枫呦鹿图》

画面表现了茂密枫林的生机。色彩丰富而艳丽，栖息于枫林中的群鹿有的奔跑，有的昂首鸣叫，有的慢慢行走。鹿的姿态神情以线条勾勒轮廓，以浓淡不同的墨彩渲染肌体。景物布置繁密，敷色富丽鲜艳，景物之间相互衬托，层次分明，繁而不乱，给人一种安详之感。

岁日作[1]

顾况

不觉老将春共至[2]，
更悲携手几人全[3]。
还丹寂寞羞明镜[4]，
手把屠苏让少年[5]。

【难点疏通】

①岁日：一岁之首日，即正月初一。 ②将：与，同。 ③携手：指朋友、同伴。 ④还丹：道家称服之可白日升天的丹药为还丹。羞明镜：羞于照镜，谓年老容衰。 ⑤屠苏：即屠苏酒。以多种草药酿制而成。传此酒乃汉末名医华佗创制而成，具有益气温阳、祛风散寒、除邪之功效。后唐代名医孙思邈广传普及，孙思邈每年腊月，分药包于乡邻，以此泡酒，除夕进饮，可以预防瘟疫。关于屠苏酒的用药及制法，《本草纲目》、《备急千金要方》等医药典籍均有记载。让少年：正月饮酒，从最年少的饮起，因为少者得岁，故先贺之。老者失岁，故后也。梁宗懔《荆楚岁时记》："岁饮屠苏，先幼后长，为幼者贺岁，长者祝寿"。

【诗义解说】

不知不觉和新春一起到来的还有年老体衰，更悲哀感叹朋友同伴还有几人在？丹药难防老态羞于对镜看，手端屠苏酒还是先让少年来。

五代·顾闳中《韩熙载夜宴图》

韩熙载为北方贵族，因战事来到南唐。他曾进谏南唐中主趁国力强盛统一全国，未得信任；后主有意授之为相，但韩感到世事日衰，无意出仕，以声色自娱。李后主以此画对其进行规劝，结果是"熙载视之安然"。此画人物众多，但主角突出，场面宏大且富于变化，再现了主人公及其侍从恣意的宴乐生活，生动中透出某些深刻。

夜饮

元稹

灯火隔帘明，竹梢风雨声。
诗篇随意赠，杯酒越巡行①。
漫唱江朝曲②，闲征药草名③。
莫辞终夜饮，朝起又营营④。

【难点疏通】

①越巡行：不遵次序混乱饮。饮酒一轮为一巡。 ②漫唱江朝曲：以唱曲来行酒令。 ③闲征药草名：以说药草的名称行酒令。 ④营营：劳苦忙碌的样子。

【诗义解说】

灯火透过帘笼分外明，竹梢摇曳隐约风雨声。任情吟咏赠诗篇，胡乱饮酒违规行。随意唱曲行酒令，还要闲征药草名。不要推辞彻夜欢饮，早起又要劳苦奔波。

元·柯九思《清闷阁墨竹图》

画面有竹两竿，怪石一块。竹干以中锋运笔，从根至梢，粗细得体，浓淡相宜。竹叶以撇落笔，顺枝而出，以浓淡表向背。石则用淡墨，浓墨点苔，使竹拔石圆，具有清刚之气。

尝黄醅新酎忆微之[1]

白居易

世间好物黄醅酒，天下闲人白侍郎[2]。
爱向卯时谋洽乐[3]，亦曾酉日放粗狂[4]。
醉来枕曲贫如富[5]，身后堆金有若亡[6]。
元九计程殊未到[7]，瓮头一盏共谁尝[8]。

【难点疏通】

①黄醅：黄醅酒，即未滤除糟的黄酒。微之：元稹，字微之。 ②白侍郎：诗人自称。白居易曾官刑部侍郎。 ③卯时：日出卯时，即早晨四五点钟。唐人好于早晨喝酒，称卯时酒。 ④酉日：日落酉时，即下午十七点到十九点。传杜康酿酒，酉时死，故有“酉不会客”之称。 ⑤枕曲：《文选》载晋·刘伶《酒德颂》中描绘“大人先生”唯酒是务，常枕酒曲醉卧，后世以此作为咏嗜酒的典故。 ⑥身后：死后。亡：无。 ⑦元九：元稹，行九。 ⑧瓮头：刚刚酿出的酒。

【诗义解说】

世间好物唯有刚酿出的黄酒，天下的闲人就属我白侍郎。图谋欢乐喜喝卯时酒，也不管酉时的忌讳肆意狂饮。沉醉伴着乐曲入眠虽然贫寒好像很富有，金银即便成堆百年之后也等于无。计算元九的行程还有一段路，一杯新酒不知与谁共同畅饮。

清·华嵒《春宴图》

枝叶扶疏的树下，几位文人雅士围桌而坐。桌上摆放着餐饮用具，一童子侍立于旁，手持酒壶，另一童子端菜走来。前有湖石、野花。整个画面洋溢着友朋欢娱的气氛。

与梦得沽酒闲饮且约后期[1] 白居易

少时犹不忧生计，老后谁能惜酒钱？
共把十千沽一斗[2]，相看七十欠三年。
闲征雅令穷经史[3]，醉听清吟胜管弦[4]。
更待菊黄家酝熟[5]，共君一醉一陶然。

【难点疏通】

①梦得：刘禹锡的字。刘禹锡(772～842)，洛阳人，白居易挚友，与白居易同龄。②十千沽一斗：十钱，十千钱。斗，古代计量单位。 ③“闲征”句：雅令，文雅的酒令，和俗令相对。穷，穷尽。此句意为征引经史中的文句来行酒令。这是古代文人经常行的一种酒令。 ④清吟：吟唱诗句，没有音乐伴奏。白居易居洛阳时常和刘禹锡诗酒唱和。 ⑤菊黄：菊花开的季节，这里指九月。家酝：自家酿的酒。此和“斗十千”的高档酒相区别。

【诗义解说】

年少时尚且不知为生计担忧，如今年高谁又会吝惜买酒钱？一起买来十千一斗名贵的酒，相对共饮叹你我离七旬都只差三年。引经据典行令助酒兴，吟诵诗句胜过听管弦。待到秋后菊黄家酿美酒熟，到时你我再一醉方休同欢乐。

汉代画像砖《宴饮观舞图》

四川出土，此刻图人物虽不多，但内容却很丰富。画面中心有樽、杯盂、勺等宴饮用具，主客坐于席上，边饮边欣赏着乐舞表演，场面极为欢快热烈。

同李十一醉忆元九[1] 白居易

花时同醉破春愁，醉折花枝作酒筹[2]。
忽忆故人天际去，计程今日到梁州[3]。

【难点疏通】

①李十一：李建，字杓直，行十一。元九：元缜，行九。唐人喜欢以行第相称，尤显亲近。元和四年(809)春，元稹奉使东川（今属四川）。白居易在长安与弟行简、李杓直同游曲江、慈恩寺，后到杓直家饮酒，席上忆念元稹，作此诗。 ②酒筹：行酒令的用具，古人行酒令时多用酒筹记录饮酒次数。酒筹材质分金、玉、竹、木等，形状也不同，上面刻有经书诗文，且有得到此筹饮酒的方式，如自饮、劝饮及罚酒的次数、数量等。 ③梁州：今陕西南郑一带。

【诗义解说】

春花开时和朋友一同饮酒消解忧愁，酒到醉时折个花枝当做行令酒筹。忽然想起远行的朋友天涯走，算算日程今天应该到梁州。

清·普荷《山水图》（之二）

画面中崖石如屏，三人共坐于一巨石平台上畅饮谈笑。人物形象夸张而生动，远山隐隐，水色山光相映成趣。留白处更是意韵绵远。

醉后赠人 白居易

香球趁拍回环匼[①]，
花盏抛巡取次飞[②]。
自入春来未同醉，
那能夜去独先归。

【难点疏通】

①香球：古代游戏用球，以皮缝制，中实以香草。趁：追逐。回环匼：周回环绕传递。这里是酒宴上的一种酒令，击鼓传球，鼓停球落在手中者饮酒。 ②盏：小酒杯。取次：依次。

【诗义解说】

香球追逐着回环传递，小花杯一巡巡地轮番飞。自从入春还没有一同喝过酒，哪能在夜里独自先告退。

明·杜堇《古贤诗意图》之《东山宴饮》

图中三人围桌宴饮，其中一人为杜甫，旁有侍童执壶，岩石苍松为背景。

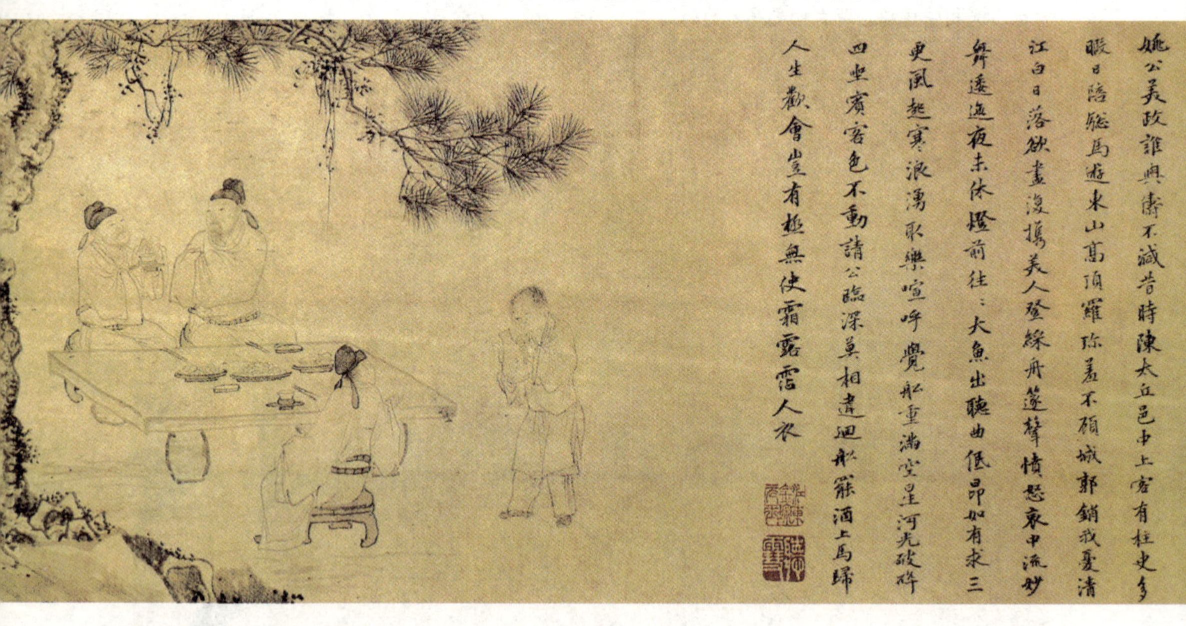

七年元日对饮五首（其三）①

白居易

三杯蓝尾酒②，一碟胶牙饧③。
除却崔常侍④，无人共我争⑤。

【难点疏通】

①七年元日：大和七年(833)正月初一。 ②蓝尾酒：唐代元日宴饮的岁酒，年长者后饮，故称后者饮的酒为“蓝尾酒”。 ③胶牙饧：用麦芽制成的饴糖，食之黏牙，故称。 ④崔常侍：诗人友人崔玄亮。 ⑤无人共我争：此谓座中人只崔常侍年岁比“我”大。

【诗义解说】

三杯除岁的蓝尾酒，一碟黏牙的麦芽糖。座中除了崔常侍，没人和我把酒抢。

清·邹喆《江南山水图·雪景寒树》

大背景是皑皑山峦，山脚下一茅舍掩映于玉树琼枝之间，小桥流水，野岸无人，小舟自横，一派严冬的冷寂。

狂醉

元稹

一自柏台为御史[1]，二年辜负两京春[2]。
岘亭今日颠狂醉[3]，舞引红娘乱打人[4]。

【难点疏通】

①柏台：御史台的别称。汉御史府中列植柏树，常有野鸟数千栖其上（事见《汉书·朱博传》）。后因以柏台称御史台。 ②两京：长安（今西安）和洛阳。 ③岘亭：岘山亭。岘山又称岘首山，在湖北襄阳南。据《晋书·羊祜传》，羊祜镇守荆襄时，常到此山置酒吟咏，发人生感喟。因生前政绩卓著，死后襄阳百姓于岘山建碑立庙，“岁时飨祭焉”。 ④舞引红娘乱打人：此句形容酒宴上行打酒令时的欢娱情景。唐朝的抛打令是把抛球、歌舞和劝酒结合在一起的游戏。抛是抛球，打是舞蹈。红娘，《红娘子》曲。

【诗义解说】

自从做官到了御史台，白白辜负了在京两年的好时光。今日颠狂醉饮在岘山亭，歌舞行令尽情欢。

清·萧晨《东坡博古图》

绘北宋诗人苏东坡与友人一起鉴赏字画古玩的情形。人物均高冕冠带，线条细力遒劲，形态生动。设色清淡典雅，构图疏朗，有很强的空间感。

指巡胡① 元稹

遣闷多凭酒，
公心只仰胡。
挺身唯直指，
无意独欺愚。

【难点疏通】

①指巡胡：古代饮酒时行令的器具。刻木为胡人状，上宽底尖，置于盘中，推之摇摆不倒，停下时，眼睛所对者饮酒。

【诗义解说】

排遣寂寞多靠酒，席间的公正仰酒胡。酒胡挺身目所指，不会刻意欺负人。

明·盛茂烨《春夜宴桃李园图》（之一）

皓月下，桃花、李花绚烂绽放，诗人李白与文友们饮酒作诗，场面热闹。人物形态各异，淡雅的色彩衬托出文人们的闲情逸致。

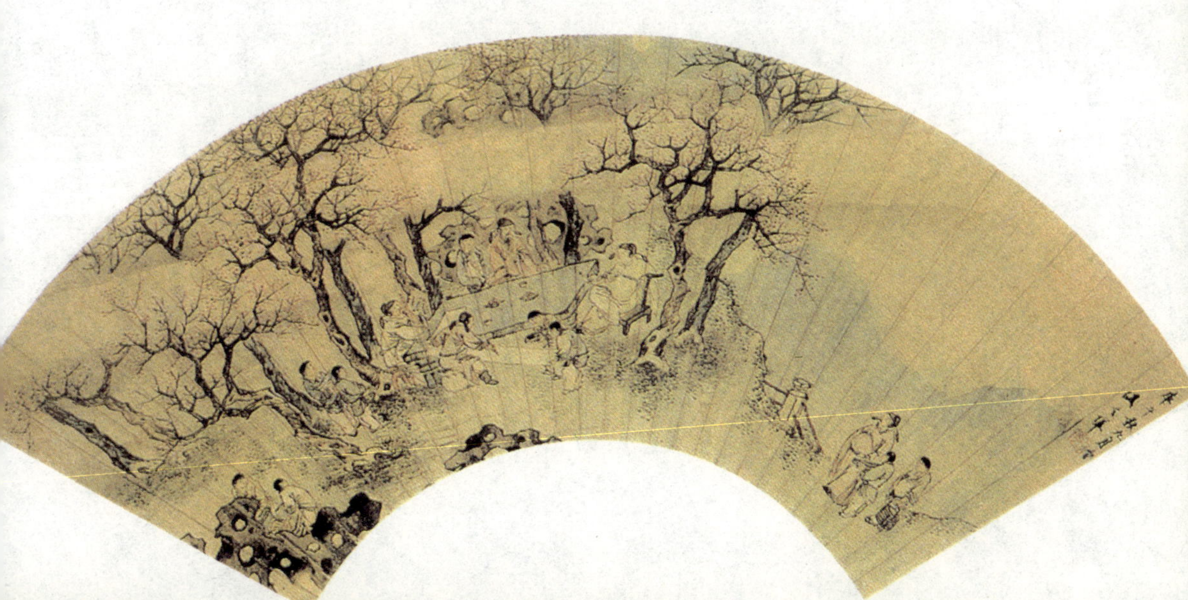

乐天以愚相访沽酒致欢，因成七言聊以奉答　刘禹锡

少年曾醉酒旗下，同辈黄衣颔亦黄①。
蹴踏青云寻入仕②，萧条白发且飞觞③。
令征古事欢生雅④，客唤闲人兴任狂。
犹胜独居荒草院，蝉声听尽到寒螀⑤。

【难点疏通】

①黄衣：唐时平民或流人所穿的衣。《旧唐书·舆服志》：“流外及庶人服……其色通用黄。”颔亦黄：这里指青春年少。　②蹴踏：登踩，这里指攀附。青云：指高官显爵。　③飞觞：传杯饮酒。　④令：酒令。雅：文雅。　⑤寒螀：寒蝉。

【诗义解说】

回想青春年少我们常常醉倒酒旗下，同辈朋友都是年轻的平民。也曾攀附高官追寻入仕的路，如今传杯饮酒只因年老发白命运萧索。征引古事为酒令欢乐显得更文雅，请来的宾客多为闲人可任性狂欢。独居荒草僻院哪能和这种场面相比，那里的蝉不停鸣叫凄切一整冬。

明·盛茂烨《春夜宴桃李园图》（之二）

画面古木新绿，文人秉烛赋诗饮酒，人物各具情态，场面热闹非凡。

元日乐天见过因举酒为贺[①] 刘禹锡

渐入有年数[②]，喜逢新岁来。
震方天籁动[③]，寅位帝车回[④]。
门巷扫残雪，林园惊早梅。
与君同甲子[⑤]，寿酒让先杯[⑥]。

【难点疏通】

①乐天：白居易。 ②有年：高年。刘禹锡是年六十七岁。 ③震方：东方。《易·说卦》："震，东方也。"天籁：大自然的音响。这里指风声。 ④寅位：地支中的第三位。古时人们以北斗星斗柄初昏时所指的方位作为确定季节的标准。《淮南子·时则》云："孟春之月，招摇（即北斗星柄）指寅。"即一年第一个月开始的时候斗柄指在寅位上，此月即为建寅之月，亦即正月。帝车：北斗星。《汉书·天文志》："斗为帝车，运于中央，临制四海。"汉代长安城称为"斗城"。 ⑤同甲子：同岁。刘禹锡和白居易均为大历七年生人。 ⑥寿酒：古人在一年中的第一天（元日）饮酒以又年长一岁，称为寿酒。让先杯：古代酒俗，元日饮酒时，当从少起，即年少者先饮。因年少者长一岁，故先饮酒以祝贺，年老者失去一岁，故后饮酒。刘、白虽同岁，但白晚于刘生，故刘云"让先杯"。

【诗义解说】

渐渐地步入花甲高龄，有幸喜迎又一个新年到来。东方吹来和煦的春风，北斗七星勺柄恰指寅位。清扫门外小路上的残雪，惊异地发现林园花放有早梅。你我虽为同岁人，但寿酒还得你饮第一杯。

清·刘度《山水图·溪山雪霁图》

画面上远处群山皑皑，山坳间屋宇错落，草亭耸立。山下湖水明净，岸边梅枝扶疏，梅花吐艳。整幅画设色明快，红梅、白雪、红树，格外耀眼，对比强烈，大片江水，清旷空灵，令人赏心悦目。

抛球乐词二首① 刘禹锡

五彩绣团团，登君玳瑁筵②。
最宜红烛下，偏称落花前。
上客如先起③，应须赠一船④。
春早见花枝⑤，朝朝恨发迟。
及看花落后，却忆未开时。
幸有抛球乐，一杯君莫辞。

【难点疏通】

①抛球乐：酒筵中抛球为令所唱之词。球，一般为五色香球。行令时，在乐曲的伴奏下以彩球在宾客之间传递，音乐戛然而止时，接到彩球但还没传出去的人便依令规饮酒或表演歌舞。这种游戏通常一直玩到席散。　②玳瑁筵：以玳瑁背甲为饰的筵席。这里是筵席的美称。　③上客：尊贵的宾客。先起：先起身告辞。　④赠一船：即罚一大杯酒。船，酒船，一种大容量的酒具。　⑤花枝：唐人宴饮时以花枝行酒令，方式同于抛球行令。

【诗义解说】

团团圆圆的五色球，抛到您的美筵来祝酒。最适宜在红烛下给主人带来温馨，偏偏于落花前来取乐。尊贵的客人如果起身先告辞，一定要重重地罚他酒一杯。早春看到花枝徒寂寞，每天清晨怨它花开迟。等到发现花落后，却怀想它没有开花时。幸好有抛球的游戏和曲词，喝上一杯别推辞。

明·文嘉《乔林清影图》

画面上，山川连绵逶迤，树木茂盛，茅屋掩映其中。湖边石台上，两人相对倾心相谈，十分和谐。用墨浓淡相间，构图疏密有致。

腊日龙沙会绝句[①] 权德舆

帘外寒江千里色，
林中樽酒七人期[②]。
宁知腊日龙沙会，
却胜重阳落帽时[③]。

【难点疏通】

①腊日：农历十二月八日，古代祭祀百神之日。龙沙：指江西南昌城北一带白沙丘。 ②林中樽酒：晋竹林七贤常作竹林之饮，后人便以“林中酒”喻指友朋宴饮。七人：此以竹林七贤喻指相约饮酒的朋友。 ③重阳：农历九月九日。落帽：晋孟嘉九月九日赴桓温在龙山的宴会，兴致很高，风吹掉帽子也没发觉，后世以此为咏九月九日宴饮酣畅的典故。

【诗义解说】

帘外寒江千里一色，朋友相约集会宴饮。哪里知道腊日的龙沙会，兴致胜过重阳宴饮时。

明·文嘉《惠山图卷》

画面上两山夹水，湖边平地的茅亭边，文人雅士聚在一起品茶谈道，童子在桌案边备酒。该画巧妙地借用湖水留白，山石用粗重线条勾勒，具有空灵清疏的感觉。

无题二首（其一）

李商隐

昨夜星辰昨夜风，画楼西畔桂堂东。
身无彩凤双飞翼，心有灵犀一点通①。
隔座送钩春酒暖②，分曹射覆蜡灯红③。
嗟余听鼓应官去④，走马兰台类转蓬⑤。

【难点疏通】

①灵犀：犀牛角中央有一道贯通上下的白线，因此被古人视为灵异之物，多用来表示相爱男女双方心灵的契合与感应。 ②隔座送钩：酒宴上的游戏，相当于猜酒令。席中人按相隔座位分为两组，一组藏钩传送，让另一组猜，猜不中则罚酒。 ③分曹射覆：分曹，分组。射覆，酒宴上的游戏，相当于猜酒令。藏物于覆器之下让人猜，猜不中则罚酒。 ④应官：上班。 ⑤兰台：秘书省的别称。当时诗人正在秘书省任职。

【诗义解说】

回想昨夜星光灿烂春风习习，我们相会在画楼西畔桂堂东。今日分别恨自己没长彩凤一样的翅膀，相互思念的心灵却息息相通。想你此时正和他人行令宴饮，酒暖灯红其乐融融。可叹我听到晨鼓敲响上班去应酬，奔波于官场命运曲折如飞蓬。

明·文伯仁《花溪渔隐图》

画中山峦连绵重叠，林木浓密，溪水蜿蜒。屋隐于密林中。清溪两岸，两隐者相对垂钓，溪水由上奔流而下，具有很强的动势。

及第后寄长安故人 杜牧

东都放榜未花开[1]，
三十三人走马回[2]。
秦地少年多办酒[3]，
已将春色入关来[4]。

【难点疏通】

①东都放榜：唐代以洛阳为东都。唐文宗大和二年(828)春的科举考试在此举行。放榜，发布考中者名单。 ②"三十三人"句：这一年进士登第共三十三人，其中包括诗人在内。走马回，骑马荣归都城长安。唐有"东都放榜，西都（长安）过堂"之例。 ③秦地：今陕西一带，古为秦国，故称秦地。此代指长安。办酒：指登第后办酒席庆祝，此为当时风俗。 ④春色：双关语，既指大自然的春光，也指及第的喜讯。关：同样是双关语，指函谷关，也指科举考试这一关。

【诗义解说】

东都放榜时花儿还没开，三十三人骑马回长安。及第的少年置办酒席来庆祝，春光携着喜讯一起过关来。

明·崔子忠《杏园夜宴图》

描绘文人在温煦的春夜设宴相聚的情景。画面上杏花吐芳，湖石秀美，文人雅士或把酒，或展卷，仕女闲游，仆人煮茶，闲适雅逸之趣充满画面。

纪村事

韦庄

绿蔓映双扉，循墙一径微①。
雨多庭果烂，稻熟渚禽肥②。
酿酒迎新社③，遥砧送暮晖④。
数声牛上笛，何处饷田归⑤。

【难点疏通】

①循：沿着。微：指路很窄。　②渚禽：水鸟。渚，水中的高地。　③新社：指春社，时间在立春后、清明前。在这一天人们要祭祀土地神以祈丰收。　④砧：捣衣声。⑤饷田：往田里送饭。

【诗义解说】

碧绿的藤蔓掩映着双扇门，小径沿着墙壁曲曲弯弯。雨水丰沛庭院落满水果，稻谷成熟水鸟也肥硕。家家酿酒为迎祭春社，远处捣衣声送走傍晚的余晖。牛背上传来几声悠扬的牧笛，不知从何处归来几位送晌饭的村民。

清·吴求《豳风图》(之一)

画中描写古代农耕生活的图景。几位农妇在打枣，一个孩童在地上爬行玩耍。人物有老有少，有动有静，是一幅生动的民风民俗画。

雪诗

张孜

长安大雪天，鸟雀难相觅。
其中豪贵家，捣椒泥四壁[①]。
到处爇红炉[②]，周回下罗幂[③]。
暖手调金丝[④]，蘸甲斟琼液[⑤]。
醉唱玉尘飞[⑥]，困融香汁滴[⑦]。
岂知饥寒人，手脚生皴劈[⑧]。

【难点疏通】

①捣椒泥四壁：把花椒捣碎，与泥混合，涂抹房屋四壁，使房屋温暖、芳香。汉未央宫有椒房，皇后所居。 ②爇：燃烧。 ③周回：周围。罗幂：罗幕。 ④金丝：琴弦等乐器。 ⑤蘸甲：斟满酒杯。古代酒俗，捧觞必蘸指甲，故称斟满酒为蘸甲。 ⑥玉尘：雪因白而轻，故称玉尘。 ⑦香汁：从美人脸上流下的汗滴。 ⑧皴劈：皮肤因寒冷或干燥而裂开的口子。

【诗义解说】

长安的严冬大雪弥漫，天寒地冻不见鸟雀的踪迹。富贵豪门不畏寒冷，花椒和泥涂抹墙壁。火炉烧得红彤彤，四周罗幕遮寒气。温暖的玉指弹琴弦，酒杯斟满琼浆液。狂歌醉舞雪花飞，人困身乏香汗滴。有谁知道饥寒者，奔波挣扎手脚裂。

清·袁耀《山水人物图·鸡声茅月店》

此图写冬天雪景。月悬天幕，雄鸡破晓。茅屋外银装素裹，早行人艰难地行走于积雪覆盖的桥上。画面幽静雅洁。

旅次洋州寓居郝氏林亭①

方干

举目纵然非我有，思量似在故山时。
鹤盘远势投孤屿②，蝉曳残声过别枝③。
凉月照窗攲枕倦④，澄泉绕石泛觞迟⑤。
青云未得平行去⑥，梦到江南身旅羁。

【难点疏通】

①旅次：旅居。洋州：今陕西洋县。林亭：园林。 ②鹤盘：鹤从高空盘旋而下。③蝉曳残声：蝉拖着尾音。 ④攲枕：斜靠着枕头。 ⑤泛觞：在水上漂泛酒杯，酒宴上的游戏。王羲之《兰亭集序》记郊园集宴，众人列坐曲水旁，在上流放置酒杯，任其漂流，杯停在谁的面前谁即饮酒，称为“流觞曲水”。迟：缓慢。 ⑥青云：指取得功名。平行：平步，比喻轻松。

【诗义解说】

放眼望去虽然不是我熟悉的家乡，细细想来却好像身在故乡的山上。鹤从高高的空中盘旋而下投向孤岛，蝉拖着长长的尾音飞向别的树枝。夜晚凄清月光从窗户照着斜倚孤枕疲倦的我，清泉边上朋友宴饮呆呆地望着水中慢慢漂动的酒杯。遗憾的是我未能平步青云把功名取，梦中常回江南而身却羁旅于他乡。

清·高凤翰《草堂艺菊图》

图中草堂四周，修竹浓翠，淡菊幽香，梅树虬曲，古松傲立。画笔精致，色泽清润。写出了萧疏淡泊之气。

酒肆·酒楼

题酒店壁 王绩

昨夜瓶始尽，
今朝瓮即开。
梦中占梦罢[①]，
还向酒家来。

【难点疏通】

①梦中占梦：梦中圆梦。《庄子·齐物论》："方其梦也，不知其梦也，梦之中又占其梦焉，觉而后知其梦也。"

【诗义解说】

昨晚瓶中酒已喝干，今晨酒坛即将启开。梦中圆了一个好梦，醒后还向酒家走来。

南宋·佚名《花坞醉归图》

杏花飘香的时节，一村馆酒旗迎风飘扬，一醉汉骑驴走在石桥上，童仆挑担跟在后面。岸边有汲水之人和迎接主人的小狗。整个画面生动活泼，趣味横生，虚实得体，构思细腻。

独愁 李崇嗣

闻道成都酒①，
无钱亦可求。
不知将几斗②，
销得此来愁。

【难点疏通】

①成都酒：传汉代卓文君和司马相如在成都开酒店，开启了成都酒业的繁盛局面，一直延续到唐代。唐代成都酒家林立，文人来到成都，都要一睹当垆卖酒的酒娘，品尝美酒佳酿。 ②将：买酒喝。

【诗义解说】

听说成都酒家林立满街飘着浓浓的酒香，漫步街头不出一钱便可尽享。但不知要喝上多少斗，才能消除积郁在心头的忧愁。

宋·佚名《蓬瀛仙馆图》

画面上，仙馆林立，回廊婉曲，绿树扶疏，远山逶迤，碧水连天。金碧辉煌中有杳渺之意。

送裴十八图南归嵩山二首（其一） 李白

何处可为别，长安青绮门①。
胡姬招素手②，延客醉金樽③。
临当上马时，我独与君言④。
风吹芳兰折⑤，日没鸟雀喧。
举手指飞鸿⑥，此情难具论⑦。
同归无早晚，颍水有清源⑧。

【难点疏通】

①青绮门：长安东城最南边的一个城门，本名霸城门，东去行人辞别京城的起点。因其门青色，故又名青城门，或青绮门。据《史记·萧相国世家》载，助项羽灭秦的东陵侯召平在秦破后隐为布衣，种瓜于长安青城门外。 ②胡姬：酒店中的卖酒女。《乐府诗集》卷六十三《羽林郎》有“昔有霍家奴，姓冯名子都，依倚将军势，调笑酒家胡。胡姬年十五，春日独当垆”的诗句。后代便称卖酒女为“胡姬”。 ③延客：招呼客人。 ④君：指裴图南，李白的好朋友。 ⑤芳兰：芳香的兰草。 ⑥举手指飞鸿：鸿，大雁。据《晋书·郭瑀传》载：瑀“隐于临松薤谷，凿石窟而居”。前凉王张天锡派人召他，瑀指着飞鸿说，高飞的鸿雁怎么可以装在笼子里呢？ ⑦难具论：难以详说。 ⑧颍水有清源：颍水，即颍河，源于河南登封嵩山西南，入淮河。相传许由曾洗耳于颍水。据皇甫谧《高士传》载：尧以天下让许由，由以告巢父。巢父曰：“汝何不隐汝形，藏汝光，若非吾友也。”由怅然不自得，乃过清冷之水洗其耳，曰：“向闻贪言，负吾友矣。”并逃往箕山，农耕而食。为此，世人视许由为不慕荣利的人。清源，源头清水。

【诗义解说】

何处是分别的好地方？长安东城的青绮门。酒店中卖酒女郎举手相劝，殷勤招待使我们醉醺醺。你就要上马归去了，我有肺腑之言说与君。狂风吹断芳香的兰草，日落后众鸟雀鼓噪嚣喧。举手指向翱翔的鸿雁，忧愤之情难以言表。早晚有一天同你一起离开长安，隐居在清澈的颍水河边。

宋·马远《华灯侍宴图》

写华灯初上时豪门酒宴的情景。画面的主要着眼点放在了外部环境，以瘦硬的笔墨写松树的枝条，远山只取一角，构思独特。

金陵酒肆留别

李白

风吹柳花满店香，吴姬压酒唤客尝①。
金陵子弟来相送②，欲行不行各尽觞③。
请君试问东流水，别意与之谁短长。

【难点疏通】

①吴姬：吴地酒店中的侍女。压酒：压糟取酒。古时新酒酿熟，临饮时方压糟取用。 ②金陵：今南京。子弟：指李白的朋友。 ③欲行：要走的人，指李白自己。不行：指送行朋友。尽觞：喝尽杯中酒。觞，饮酒用具。

【诗义解说】

柳絮随风漫卷满店酒香，酒娘压酒奉请客人品尝。金陵的朋友为我来送行，送与被送的人都尽杯酣畅。请你们问问这东去的河水，不舍离情与它谁短谁长？

清·袁耀《山水人物图·舍南舍北皆春水》

画面春柳凝烟，春山叠翠，春水如镜。江畔田畦中，农夫在勤劳耕作；树林掩映下，屋舍俨然，有人端坐堂前品茗览春。设色明丽清新，风格别具。

戏问花门酒家翁[①]

岑参

老人七十仍沽酒[②]，千壶百瓮花门口[③]。
道傍榆荚仍似钱[④]，摘来沽酒君肯否。

【难点疏通】

①酒家翁：酒店卖酒的老头。 ②沽：买或卖。此句“沽酒”为卖酒，第四句的“沽酒”为买酒。 ③千壶百瓮：壶和瓮均是盛酒的器具。花门：既花门楼，唐代凉州（今属甘肃武威）的馆舍。 ④榆荚：榆树的果实，形状及颜色似钱币，故俗称榆钱。

【诗义解说】

古稀老人还能卖酒，大壶小瓮摆在花门楼的门口。道路两旁的榆荚状如钱，我摘下来是否可买您的酒？

元·王蒙《夏山高隐图》

画面描写的是夏日深山寂静幽邃的景色。笔墨湿润苍秀，独具一格。

琴台　　杜甫

茂陵多病后①，尚爱卓文君②。
酒肆人间世，琴台日暮云③。
野花留宝靥④，蔓草见罗裙。
归凤求皇意⑤，寥寥不复闻⑥。

【难点疏通】

①茂陵：指汉代辞赋大家司马相如，善鼓琴，因其晚年退居茂陵，后人多以此称。　②卓文君：汉代才女，貌美禀才，通音律。　③“酒肆”两句：据《史记·司马相如列传》载，司马相如爱慕蜀地富人卓王孙孀居的女儿文君，于琴台弹《凤求凰》的琴曲以示爱意，文君为琴音所动，夜奔相如。相如家贫困窘，夫妻俩便在成都开了个酒店，以卖酒营生。文君当垆卖酒，相如著裙涤器，恩爱有加，一时传为佳话。　④宝靥：女人迷人的笑脸。　⑤归凤求皇意：指司马相如于琴台弹《凤求凰》的琴曲以示爱意之事。　⑥寥寥：稀少，不多见。

【诗义解说】

一代才子司马相如晚年病居茂陵，对卓文君的爱情不减当年。当年他们当垆卖酒的故事传遍天下，望琴台上空晚霞绚烂仿佛又听到那支求爱的琴曲《凤求凰》。娇娆的野花还印有文君灿烂迷人的笑脸，如茵绿草舞动她飘逸的碧罗纱裙。《凤求凰》缠绵的琴曲难再闻，司马相如和卓文君一样的爱情也不多见。

清·黄慎《携琴仕女图》

画中仕女衣纹流畅而顿挫，节奏感很强。而她的表情、形态十分生动。仕女携琴而行，回首凝视，表现出无比的娇羞，却又流露出典雅的清韵。

过长林湖西酒家 司空曙

湖草青青三两家，
门前桃杏一般花。
迁人到处唯求醉[1]，
闻说渔翁有酒赊[2]。

【难点疏通】

①迁人：遭贬之人。 ②赊：卖。

【诗义解说】

湖边青草掩映两三酒家，门前桃花杏花竞艳争芳。迁人墨客走到哪都唯求一醉，听说这里的渔翁有酒可赊。

元·唐棣《霜浦归渔图》

画面正中是几株高大的古树，树木枝叶繁茂，暮色中几位打鱼人相互交谈着走来。人物神态喜悦安逸。整幅画面笔法挺秀清润，设色古朴淡雅，树木山石笔墨浓重，人物刻画细腻。

晚春酤酒　白居易

百花落如雪，两鬓垂作丝。
春去有来日，我老无少时。
人生待富贵，为乐常苦迟。
不如贫贱日，随分开愁眉。
卖我所乘马，典我旧朝衣。
尽将酤酒饮，酩酊步行归。
名姓日隐晦，形骸日变衰。
醉卧黄公肆[1]，人知我是谁。

【难点疏通】

①黄公肆：黄公酒垆。《世说新语》载，晋王戎、阮籍、嵇康等常在此饮酒，后世以“黄公垆”泛指酒垆。

【诗义解说】

百花如雪片样凋零，我的双鬓垂落如丝。春去还有重归日，我老却无再少时。人生期待富与贵，行乐常常苦太迟。不如贫贱时，随着缘分展愁颜。卖掉所骑的骏马，典去过去的朝衣。全将它们换美酒，大醉酩酊步行归。名姓一天天地隐没无人知，身体一天天地变衰微。醉了躺在酒垆边，无人知道我是谁。

清·八大山人《山水图》

描绘了秋树茅亭荒凉寂静的景色。画面明洁单纯，又富有冷漠、孤高的意韵。

江南春

杜牧

千里莺啼绿映红①，水村山郭酒旗风②。
南朝四百八十寺③，多少楼台烟雨中。

【难点疏通】

①啼：叫。　②山郭：靠山的城。酒旗：酒店门前高高挂起的招牌。　③南朝：公元420～589年，南方宋、齐、梁、陈四个王朝总称南朝。当时建立了大批佛教寺院。四百八十：强调数量之多，并非实指。

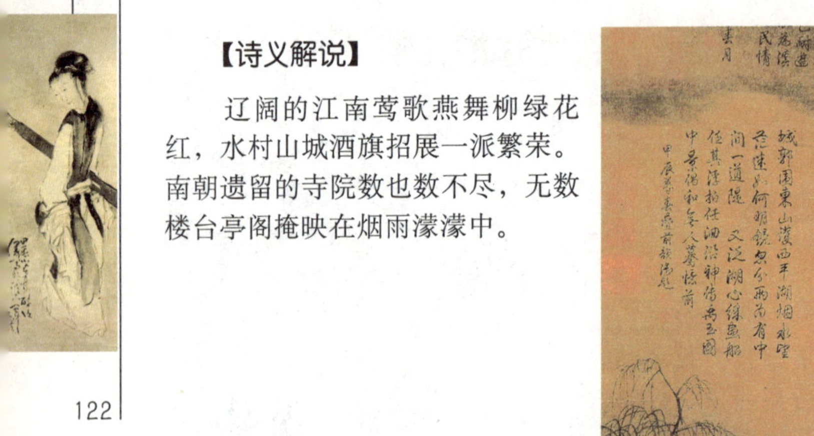

【诗义解说】

辽阔的江南莺歌燕舞柳绿花红，水村山城酒旗招展一派繁荣。南朝遗留的寺院数也数不尽，无数楼台亭阁掩映在烟雨濛濛中。

宋·夏圭《西湖柳艇图》

画面柳堤回环，可看到三层，但疏密、远近、直曲处理巧妙，穿插其间的木桥、屋宇、小船相互照应、衬托，使整个画面整饬而富有变化。以淡墨染出天空浮动的白云和烟雾迷蒙的远方树林，烘托出春到西湖的气息。

席上贻歌者 郑谷

花月楼台近九衢①，
清歌一曲倒金壶②。
座中亦有江南客，
莫向春风唱鹧鸪③。

【难点疏通】

①九衢：城市里四通八达的街道。 ②金壶：名贵的酒壶。 ③鹧鸪：指当时流行的《鹧鸪曲》。传鹧鸪“飞必南翥”，且鸣叫如“行不得也哥哥”，其声凄怨。此曲效鹧鸪鸣叫之声，曲调哀婉，多用于抒发离情别绪。

【诗义解说】

四通八达的街道旁酒楼掩映在花丛中，明月朗照的夜晚清歌缭绕美酒飘香一壶壶。座中也会有客居于此的江南人，还是不要对着春风唱那《鹧鸪曲》引人感伤。

五代·卫贤《闸口盘车图》

真实地再现了古代集市热闹的场景，图中有河道、来往商船、木桥、望亭、车辆和酒店。其中穿插了50多个人物的活动，既有摆渡者，也有驱车者，更有饮酒作乐的人。可以和《清明上河图》媲美。

润州二首（其一）[①]

杜牧

向吴亭东千里秋[②]，放歌曾作昔年游。
青苔寺里无马迹，绿水桥边多酒楼。
大抵南朝皆旷达[③]，可怜东晋最风流[④]。
月明更想桓伊在[⑤]，一笛闻吹出塞愁[⑥]。

【难点疏通】

①润州：今江苏镇江。　②向吴亭：在润州官舍，今丹阳县南面。　③南朝：东晋后中国分南北两部分，南方的宋、齐、梁、陈史称南朝。　④东晋：晋在时间上分西东两晋，西晋都洛阳，东晋都建康（今南京）。　⑤桓伊：东晋人，善吹笛，其笛艺“尽一时之妙，为江左第一”。　⑥出塞：汉乐府横吹曲名。

【诗义解说】

登上向吴亭极目东望一片清秋景象，想当年曾在此放歌狂舞畅意游赏。如今僧寺里长满青苔不见人马来，桥下河水青青两岸酒楼林立繁华依旧在。南朝名士多旷达，东晋人物更风流。月明之时想起那位名叫桓伊的吹笛人，皆因夜幕中传来《出塞》那悲凉的曲调。

宋·刘松年《四景山水图》之《秋景》

画老树经霜，朱紫斑斓。庭院以树石围墙，小桥曲径。庭院中一文人独坐神思，侍童汲水煮茶，一派闲情意趣。

泊秦淮

杜牧

烟笼寒水月笼沙，夜泊秦淮近酒家[1]。
商女不知亡国恨[2]，隔江犹唱后庭花[3]。

【难点疏通】

①秦淮：即秦淮河。经金陵（南京）后北入长江。酒家：酒楼。金陵古称建康，乃六朝古都，自古繁华，城内酒楼林立，丝管纷纷。 ②商女：酒楼中靠卖唱赚钱的歌女。③后庭花：即《玉树后庭花》曲，南朝陈亡国之君陈叔宝所创。当年隋兵陈师江北，一江之隔的南陈小朝廷危在旦夕，而陈后主依然沉湎在歌声女色之中，终于被俘亡国。因此，此曲历来被视为亡国之音。

【诗义解说】

烟雾笼罩秦淮河月光映照着岸边的沙，宁静的夜里把船停在岸边的酒家。酒楼中的歌女不知道亡国的遗恨，仍然隔江唱着那首《玉树后庭花》。

宋·刘松年《四景山水图》之《夏景》

画湖边之水阁凉亭，亭前点缀以湖石，四周花木丛生。主人端坐于亭下纳凉观景。

酒中十咏·酒旗①

皮日休

青帜阔数尺，悬于往来道。
多为风所飏，时见酒名号。
拂拂野桥幽②，翻翻江市好③。
双眸复何事，终竟望君老。

【难点疏通】

①酒旗：酒店门前高高挂起的招牌，又称酒帘。 ②拂拂：随风飘动的样子。 ③翻翻：翻卷的样子。

【诗义解说】

青色的旗帜数尺宽，高高挂于宾客往来的道路间。很少不被风扬起，酒家名号时闪现。飘扬于清幽的野桥畔，也在热闹的江市翻卷。双眼不再别所见，每天望你直到终老。

宋·张择端《清明上河图》

画面上商贾往来，交易繁忙，店铺林立，生意兴隆，其中不乏酒店的迎来送往，一派热闹繁华的景象。

酒中十咏·酒城 皮日休

万仞峻为城，沈酣浸其俗。
香侵井干过[①]，味染濠波渌[②]。
朝倾逾百榼[③]，暮压几千斛。
吾将隶此中[④]，但为阍者足[⑤]。

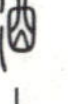

【难点疏通】

①井干：井上的围栏，泛指楼台。 ②濠波渌：护城河清澈的水。 ③榼：盛酒器具。④隶：做隶卒。 ⑤阍者：守城门者。

【诗义解说】

酒城高峻有千万仞，满城流行饮酒风俗。酒香弥漫飘过楼台，气味浸染护城绿波。早晨喝掉百余榼，晚上要压几千斛。我情愿到城中来服役，即使守城也很满足。

清·徐扬《姑苏繁华图》

描绘了乾隆年间苏州商业繁华的景象。画面上舟车如梭，人流如潮，商贾云集，店铺栉比，酒旗飘扬，一派繁华景象。

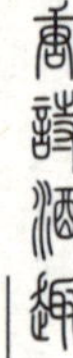

酒中十咏·酒垆[1]

皮日休

红垆高几尺，颇称幽人意[2]。
火作缥醪香[3]，灰为冬醹气[4]。
有枪尽龙头[5]，有主皆犊鼻[6]。
倘得作杜根[7]，佣保何足愧。

【难点疏通】

①酒垆：酒店摆酒的土台子。　②幽人：诗人自称。　③缥醪：美酒名。　④冬醹：美酒名。　⑤枪：温酒器。龙头：龙头形状。　⑥犊鼻：即犊鼻裩，亦省作“犊鼻”、“犊裩”，形如犊鼻的围裙。　⑦杜根：后汉人，安帝时为郎中。外戚干朝，上书直谏，太后令杀之，执行者不力，因得逃脱，为宜城山中酒家保。见《后汉书》本传。这里代指酒保。

【诗义解说】

红色酒垆几尺高，恰好正合我的心意。美酒飘香炉火旺，灰烬散发佳酿香。温酒器具龙头状，主人皆扎犊鼻裙。假若可以做杜根，就算做酒保心也不惭愧。

汉代画像砖《酒肆图》

四川出土。画面的酒垆上摆放着酒坛，旁有卖酒的伙计，外有推车往来的商旅，有歌舞杂技的伎人，真实地再现了汉代蜀地酒肆的热闹场面。

酒中十咏·酒楼

皮日休

钩楯跨通衢①，喧闹当九市②。
金罍潋滟后③，玉斝纷纶起④。
舞蝶傍应酣，啼莺闻亦醉。
野客莫登临，相雠多失意⑤。

【难点疏通】

①钩楯：曲栏杆。楯，栏杆的横木。 ②九市：汉长安有九市。此指京城闹市。③金罍：古代盛酒器具。潋滟：这里指酒满溢的样子。 ④玉斝：玉制的饮酒器。纷纶：众多的样子。 ⑤相雠：相对。

【诗义解说】

酒楼的栏杆横跨大道，坐落于喧闹的街市。金罍潋滟酒斟满，玉斝纷起尽情喝。飞舞蝴蝶落此也想畅饮，啼叫的夜莺闻酒香犹能沉醉。漂泊的山野之客莫要登临，相互对望尽是些失意人。

明·谢环《杏园雅集图》（之一、二、三）

描绘仕宦集宴交游的场面。图中人物面貌具有肖像的特征，生动形象。人物衣着线条细腻，挺劲秀逸。界画画法工细，色调艳丽，有富贵之气。

成都曲 张籍

锦江近西烟水绿[1]，
新雨山头荔枝熟。
万里桥边多酒家[2]，
游人爱向谁家宿？

【难点疏通】

①锦江：流经成都南郊，又名府河。 ②万里桥：在成都南，横跨岷江。据说诸葛亮曾于此送客，并有“万里之道，从此始也”之叹，因而得此名。万里桥是成都人送别朋友或外出谋生乘船起程之所，唐时这里商贾往来，酒家林立，并有客栈的功能，可留宿来往商旅。

【诗义解说】

锦江西望绿水烟波，新雨濛濛山头荔枝红如霞。万里桥边酒家林立，游客更喜欢投宿到哪家？

宋·佚名《秋山萧寺图》

全卷以水墨为主，绘群峰大壑之间的山寺、石桥，间以人物、秋树点缀，有清旷悠远之境。

忆夏口①

罗隐

汉阳渡口兰为舟②，汉阳城下多酒楼。
当年不得尽一醉，别梦有时还重游。
襟带可怜吞楚塞③，风烟只好狎江鸥④。
月明更想曾行处，吹笛桥边木叶秋⑤。

【难点疏通】

①夏口：汉水入长江之口，在今湖北武汉市。 ②汉阳：武汉三镇之一。兰为舟：木兰造的船。此言船的高雅。 ③襟带：指长江。楚塞：夏口地处楚地的要塞。 ④狎：嬉戏、亲昵。 ⑤吹笛桥：在今武汉东湖景区。

【诗义解说】

（想当年）汉阳渡口乘上木兰舟，林立城中是满眼的酒楼。当年没能尽兴拼一醉，别后的梦中常重游。长江容纳汉水成楚地要塞，江鸥嬉戏风烟苍茫多浩淼。月明夜更加怀念曾游览的美景，吹笛桥边无边落叶翩翩舞清秋。

宋·佚名《盘阵图》

此图描绘在群山之中，盘山道上车辆、行人艰难前行的情景。画面中部，一家小客栈坐落于苍郁的林木中，门前有车马在此驻足，室内休息的旅客有的在打盹，有的在饮酒用餐。客栈后是高耸的山峰，险峻而磅礴。

题酒家

韦庄

酒绿花红客爱诗，落花春岸酒家旗。
寻思避世为逋客①，不醉长醒也是痴。

【难点疏通】

①逋客：避世隐居之人。

【诗义解说】

面对酒绿花红游客都爱歌咏，春水池边酒家旗帜漫卷落英。打算逃离俗世做个隐居之人，不醉长醒也真是太痴情。

宋·佚名《柳汀放棹图》

本图绘平湖浩淼，烟柳摇曳。一位船夫摇着一叶小舟，舟上是闲逸的客人。图画设色优美，运笔流畅，沉而不滞。远处笔墨渐淡，有空濛之感。

酒仙·酒人

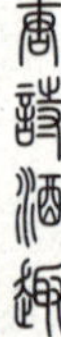

过酒家五首（其四） 王绩

对酒但知饮，
逢人莫强牵[①]。
倚垆但得睡[②]，
横瓮足堪眠[③]。

【难点疏通】

①强牵：强拉人去饮酒。 ②垆：古代酒家卖酒的土台子。 ③瓮：盛酒的器具，相当于坛子。

【诗义解说】

面对美酒只管尽情饮，遇到他人也不用强拉硬劝来陪君。喝醉就靠在酒台上睡一觉，实在不行横下酒坛也可当枕眠。

明•尤求《水亭消夏图》

画隐居山林的文人悠闲自适的生活。画中山荫茂密，草庐宁静，两木桥横卧相望，亭中有人读书，桥上有人赏景，有人骑驴率童子而过，宁静中散发着无限生机。

醉后 王绩

阮籍醒时少[①]，
陶潜醉日多[②]。
百年何足度[③]，
乘兴且长歌。

【难点疏通】

①阮籍：《晋书·阮籍传》：“籍本有济世志，属魏晋之际，天下多故，名士少有全者，籍由是不与世事，遂酣饮为常。” ②陶潜：《宋书·陶潜传》：“性嗜酒，而家贫不能恒得。亲旧知其如此，或置酒招之。造饮辄尽，期在必醉。” ③百年：人的一生称百年。

【诗义解说】

阮籍清醒的时候少，陶潜醉酒的日子多。人生何必度百年，不如乘兴饮酒且欢歌。

明·张鹏《渊明醉归图》

图中陶渊明醉眼迷离，面带笑意，在侍童的搀扶下趔趄而行。侍童手持一束菊花，以示主人身份。画面人物神情飘逸，略带感伤，衣纹用笔流畅，树木枝叶粗犷而有质感。

解六合丞还[1]

王绩

我家沧海白云边，还将别业对林泉[2]。
不用功名喧一世，直取烟霞送百年。
彭泽有田唯种黍[3]，步兵从宦岂论钱[4]？
但使百年相续醉，何辞夜夜瓮间眠[5]。

【难点疏通】

①解：辞官。六合丞：六合县丞。时王绩官扬州六合县丞。还：还乡。　②别业：别墅。　③彭泽：陶渊明。《宋书·陶潜传》：陶渊明为彭泽令，在县公田，悉令种黍，因黍可酿酒。说："令吾常醉于酒族矣。"　④步兵：阮籍，曾为步兵校尉。《晋书·阮籍传》："籍闻步兵厨营人善酿，有贮酒三百斛，乃求为步兵校尉。"　⑤瓮间眠：《晋书·毕卓传》："（卓）为吏部郎，常饮酒废职。比舍郎酿熟，卓醉夜至其瓮间盗饮之，为掌酒者所缚。明旦视之，乃毕吏部也，遽释其缚。"

【诗义解说】

我家本住在沧海白云边，山上建有别墅面对林泉。用不着为谋取功名显赫一生，只想自由自在烟霞仙境过百年。陶渊明有田种黍为酿酒，阮步兵做官又哪里是为钱？只要百年后还能沉醉在美酒中，又怎能错过像毕卓那样夜夜醉眠酒坛边？

唐·高位《高逸图》之阮籍

画作线条细劲柔和，刚柔相济。人物表情傲岸，衣服设色较淡，坐下地毯设色鲜艳，和背景色调形成鲜明的对比。

偶然作六首（其四）

王维

陶潜任天真[①]，其性颇耽酒[②]。自从弃官来[③]，家贫不能有。
九月九日时，菊花空满手。中心窃自思，傥有人送否[④]。
白衣携壶觞[⑤]，果来遗老叟[⑥]。且喜得斟酌[⑦]，安问升与斗。
奋衣野田中[⑧]，今日嗟无负[⑨]。兀傲迷东西[⑩]，蓑笠不能守。
倾倒强行行，酣歌归五柳[⑪]。生事不曾问[⑫]，肯愧家中妇[⑬]。

【难点疏通】

①陶潜：东晋著名田园诗人，字元亮，一字渊明，自号五柳先生。 ②耽酒：嗜酒。陶潜在其自传《五柳先生传》中说："性嗜酒，家贫不能常得。亲旧知其如此，或置酒而招之。造饮辄尽，期在必醉；既醉而退，曾不吝情去留。" ③弃官：义熙元年(405)八月，陶潜为彭泽令，岁终，因不肯为五斗米折腰而弃官归乡。 ④傥：或许。 ⑤白衣：白衣人王弘，时任江州刺史。《北堂书钞》卷一五五引《续晋阳秋》："陶渊明尝九月九日无酒，出宅边菊丛中摘菊盈把，坐其侧。久望见白衣人至，乃王弘送酒也。即便就酌，醉而后归。" ⑥遗：赠送。 ⑦斟酌：倒酒喝。 ⑧奋衣：挥动衣袖。 ⑨嗟：感叹。 ⑩兀傲：酒后意气自得的样子。 ⑪五柳：陶潜的住所。《五柳先生传》："先生不知何许人也，亦不详其姓字。宅边有五柳树，因以为号焉。" ⑫生事：谋生的事。 ⑬肯：只能，只好。

【诗义解说】

陶潜自己天性放任，天生就很喜欢喝酒。自从罢官回到田园，无酒可饮因家贫。九月九日重阳节，只好徒然折菊握在手。心中暗自思量，或许有人来送酒。果然看到白衣人，提壶携杯来送酒。欢欢喜喜斟满杯，管它几升和几斗。挥动衣袖狂呼在田野，连连感叹没有辜负今日好时候。狂傲自得不辨东和西，蓑衣斗笠丢弃一边难把守。摔倒爬起还强走，唱着醉歌回到家门口。不问仕途经济谋生事，面对家中老妻只能惭愧低下头。

元·钱选《归去来辞图》

据陶渊明《归去来兮辞》诗意而作。画面上，烟波浩淼中，陶渊明乘舟而归，远方对岸杨柳依依，在深情相迎。设色轻润，画风稚拙古雅。

答湖州迦叶司马问白是何人①

李白

青莲居士谪仙人②，酒肆藏名三十春③。
湖州司马何须问，金粟如来是后身④。

【难点疏通】

①湖州：今属浙江。迦叶：西域天竺人氏，时任湖州司马。 ②青莲居士：李白五岁时随父迁居四川彰明(今江油)青莲乡，故自号青莲居士。谪仙人：被贬下凡的仙人。唐·孟启《本事诗》：“李太白初自蜀至京师，舍于逆旅。贺监知章闻其名，首访之。……复请所为文，出《蜀道难》以示之，读未竟，称叹者数四，号为谪仙。解金龟换酒，与倾尽醉期不间日，由是声誉光赫。” ③酒肆：酒店。 ④金粟如来：佛名，即维摩诘。

【诗义解说】

号为青莲我是下凡的仙人，酒馆里闻名三十年。湖州司马不需问我是哪一位，我的来生是金粟如来身。

清·苏六朋《太白醉酒图》

描写李白醉酒于皇宫，有二内侍搀扶奉侍的情景。画中李白戴学士方巾，清须飘逸，眉宇间流露出高傲之态，无论神态还是服饰，与二内侍形成了鲜明的对比，衬托出李白高傲尊贵的气质。

月下独酌四首（其四）

李白

穷愁千万端，美酒三百杯。愁多酒虽少，酒倾愁不来。
所以知酒圣[①]，酒酣心自开。辞粟卧首阳[②]，屡空饥颜回[③]。
当代不乐饮，虚名安用哉。蟹螯即金液[④]，糟丘是蓬莱[⑤]。
且须饮美酒，乘月醉高台。

【难点疏通】

①酒圣：《三国志·魏书·徐邈传》："时科禁酒，而邈私饮至于沉醉。校事赵达问以曹事，邈曰：'中圣人。'达白之太祖，太祖甚怒。度辽将军鲜于辅进曰：'平日醉客谓酒清者为圣人，浊者为贤人。邈性脩慎，偶醉言耳。'竟坐得免刑。"后代便把清酒比做"圣"，浊酒比做"贤"。这里指那些得酒中真趣的饮者。　②辞粟卧首阳：首阳，山名，在今何地，旧说不一。一说在今山西省永济县南。《史记·伯夷列传》："武王已平殷乱，天下宗周，而伯夷、叔齐耻之，义不食周粟，隐于首阳山，采薇而食之。"　③屡空饥颜回：屡空，经常贫困。颜回，春秋时鲁国人，孔子学生。《论语·雍也篇第六》：子曰："贤哉，回也！一箪食，一瓢饮，在陋巷，人不堪其忧，回也不改其乐。贤哉，回也！"　④蟹螯即金液：《晋书·毕卓传》：卓尝谓人曰："得酒满数百斛船，四时甘味置两头，右手持酒杯，左手持蟹螯，拍浮酒船中，便足了一生矣。"蟹螯，螃蟹的前腿。金液，酒的美称。　⑤糟丘：东汉·王充《论衡》："纣沉湎于酒，以糟为丘，以酒为池。"糟，酒糟，酿酒的余渣。蓬莱：神话中神仙居住的三座神山之一（另两座为方丈、瀛洲）。

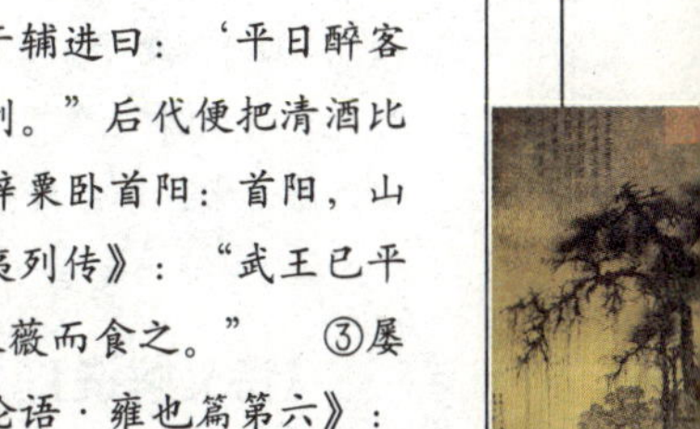

【诗义解说】

人生失意愁无限，幸有美酒三百杯。愁多酒少难尽欢，一口喝下愁不添。酒圣因此天下传，酒到酣时天地宽。伯夷叔齐守节隐在首阳山，颜回困顿忍受饥寒克时艰。人活在世不喜酒，徒留虚名奈何天？手持蟹螯找美酒，糟丘犹如蓬莱山。姑且尽情来畅饮，酒趁月色醉卧在高台上面。

宋·李唐《采薇图》

描写殷商贵族伯夷、叔齐在商亡后不仕周，义不食周粟，隐居首阳山采野菜充饥，最后双双饿死的故事。画中伯夷双手抱膝而坐，面带忧愤，静听叔齐谈话。二人须发蓬松，面容清瘦，目光坚定，神情、姿态准确生动。其人物衣物用笔粗重，水墨绘出的深山老林对人物性格起到了很好的烘托作用。

赠内[1] 李白

三百六十日，
日日醉如泥。
虽为李白妇，
何异太常妻[2]。

【难点疏通】

①内：妻子。　②太常：唐朝的事务机关设有九寺，太常寺掌礼乐郊庙等事物，在太常寺的官员称太常，事务繁杂但无实权。

【诗义解说】

一年三百六十日，天天醉酒烂如泥，虽然嫁给李白为妻，和太常妻也没什么相异。

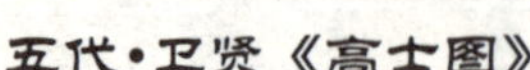

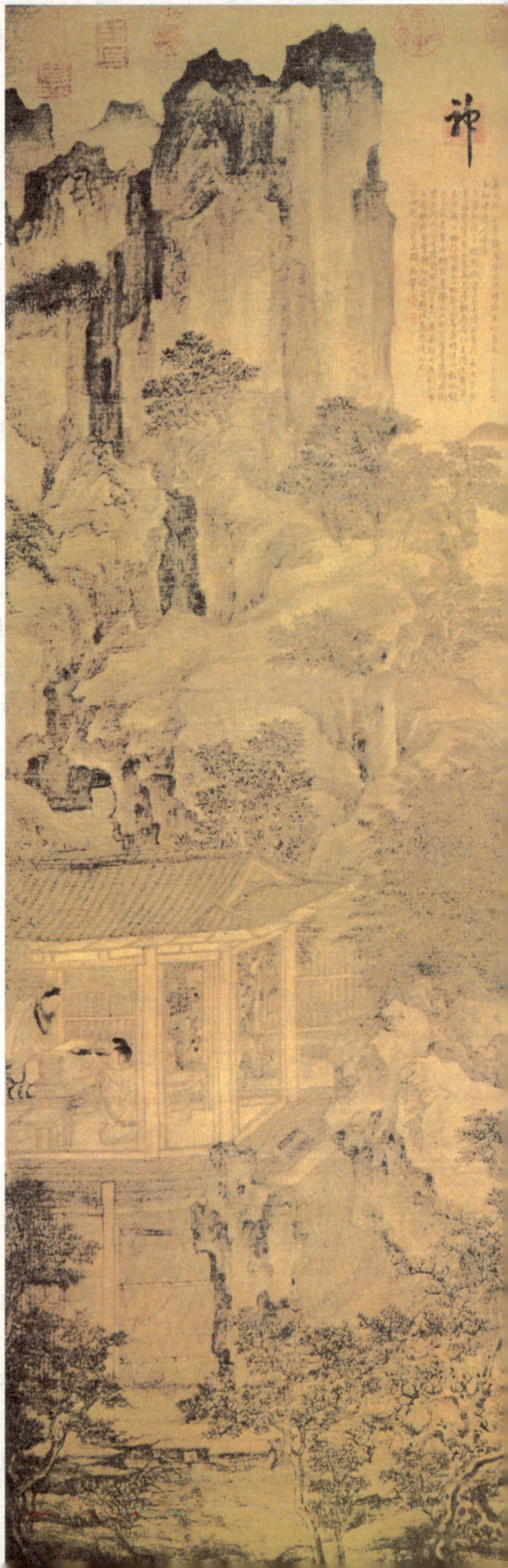

描绘了汉代隐士梁鸿和妻子孟光相敬如宾，举案齐眉的故事。画中梁鸿端坐于榻，正潜心学习，孟光恭敬地跪在地上举着盘子。厅堂周围，溪水环绕，竹林茂密，怪石老树，疏密相间，暗喻人物气节豪迈。

襄阳曲四首

李白

其二

山公醉酒时[①]，酩酊高阳下[②]。
头上白接篱[③]，倒著还骑马。

其四

且醉习家池[④]，莫看堕泪碑[⑤]。
山公欲上马，笑杀襄阳儿[⑥]。

【难点疏通】

①山公：晋代人山简。《晋书·山简传》：山简镇襄阳，“优游卒岁，唯酒是耽。诸习氏，荆土豪族，有佳园池，简每出嬉游，多之池上，置酒辄醉，名之曰高阳池。” ②高阳：即高阳池。原为汉侍中习郁在岘山南的养鱼池，池中栽满荷花，是襄阳的名胜之一，后人称为习池。后山简常醉酒于此，便称其为高阳池。《史记·郦生陆贾列传》载，汉高祖刘邦轻视儒士，高阳儒士郦食其初求见，未允。再求见，自称“高阳酒徒”，高祖始“延客入”。后人遂以“高阳酒徒”比喻谋士或有才能的儒士。也常用来指那些有才能但不拘名分的酒徒。山简把自己比做“高阳酒徒”郦食其，便称习池为高阳池。 ③接篱：古代一种头巾。《晋书·山简传》：“简每出游嬉，多之池上，置酒辄醉……有儿童歌曰：‘山公出何许，往至高阳池。日夕倒载归，酩酊无所知。时时能骑马，倒著白接篱。’” ④习家池：见注②。 ⑤堕泪碑：据《晋书·羊祜传》，羊祜镇守荆襄时，常到此山置酒吟咏，发人生不平之感喟。因其生前政绩卓著，死后襄阳百姓于岘山建碑立庙，“岁时飨祭焉，望其碑者莫不流涕，杜预因名为‘堕泪碑’”。 ⑥笑杀襄阳儿：见注③。

【诗义解说】

（其二）山简喝醉酒的时候，迷迷糊糊在高阳池。反披着白围巾，倒着骑马往回走。

（其四）姑且大醉在习家池，也不要看那堕泪碑。山公要上马，襄阳儿童笑坏了。

元·赵孟頫《谢幼舆丘壑图》

画的是东晋一位名士，淡于仕进，寄情山水的故事。画中幼舆双手扶地坐于山林之中，意态安详，目光深邃，他的四周松叶茂密，枝干交错，溪水潺柳，一派清远的意境。

醉后赠张九旭① 高适

世上谩相识②，此翁殊不然。
兴来书自圣③，醉后语尤颠。
白发老闲事，青云在目前④。
床头一壶酒，能更几回眠。

【难点疏通】

①张九旭：唐代著名狂草书法家张旭，行九，善草书，人称“草圣”。性嗜酒，每饮醉，辄草书，挥笔大叫，或以头浸墨而书，醒后自视，以为神异。 ②谩：随便。 ③书：书法。 ④青云：比喻高官显爵。

【诗义解说】

世上随便相识的人中，这个老头可太不一般。兴致勃发写起字来称圣品，醉酒之后说话更疯癫。高官显爵虽然在眼前，宁愿闲适终老不艳羡。床前常有一壶酒，伴您几度酣眠。

唐·张旭《古诗四帖》

此卷以五色彩笺书成，书法气势奔放，笔画连绵不绝，俊逸流畅，字形极富变化。此书结体茂密，笔劲墨重，粗细变化多而形象丰富，有横壮之势，无纤巧和浮华，更不拖沓和滞涩。

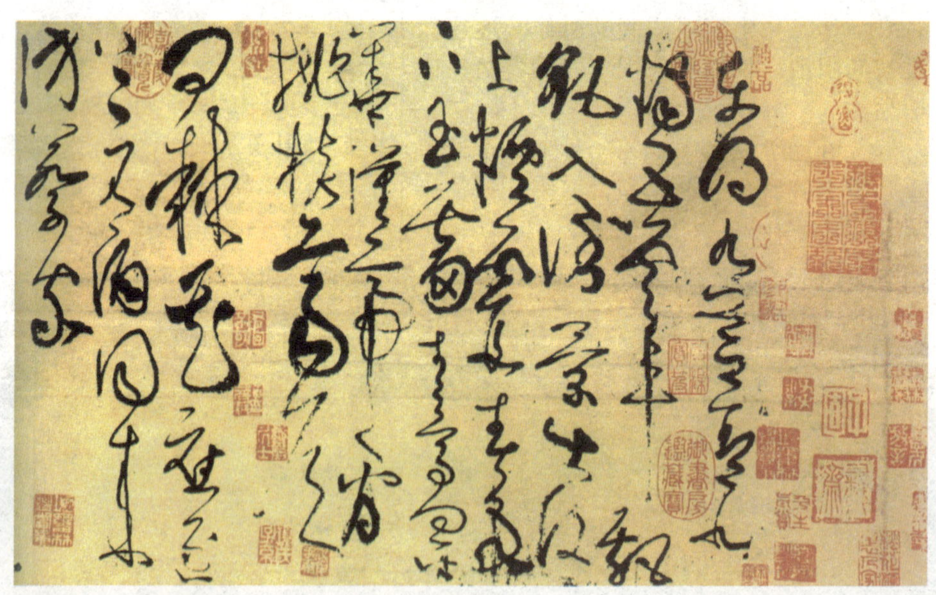

饮中八仙歌

杜甫

知章骑马似乘船①，眼花落井水底眠。
汝阳三斗始朝天②，道逢曲车口流涎③，恨不移封向酒泉④。
左相日兴费万钱⑤，饮如长鲸吸百川⑥，衔杯乐圣称避贤⑦。
宗之潇洒美少年⑧，举觞白眼望青天⑨，皎如玉树临风前⑩。
苏晋长斋绣佛前⑪，醉中往往爱逃禅⑫。
李白一斗诗百篇，长安市上酒家眠。
天子呼来不上船，自称臣是酒中仙⑬。
张旭三杯草圣传⑭，脱帽露顶王公前⑮，挥毫落纸如云烟⑯。
焦遂五斗方卓然⑰，高谈雄辩惊四筵⑱。

【难点疏通】

①知章：即贺知章，越州永兴（今浙江萧山）人，官至秘书监。性旷放纵诞，自号“四明狂客”。　②汝阳：汝阳王李琎，唐玄宗的侄子。朝天：朝见天子。此谓李琎痛饮后才入朝。　③曲车：酒车。　④移封：改换封地。酒泉：郡名，在今甘肃酒泉县。传说郡城下有泉，味如酒。故名酒泉。　⑤左相：指左丞相李适之。　⑥长鲸：鲸鱼。古人以为鲸鱼可吸百川。这里用来形容李适之的酒量大。　⑦“衔杯”句：衔杯，贪酒。圣，酒的代称。避贤，给贤者让路。李适之，《罢相》：“避贤初罢相，乐圣且衔杯。”这里指李适之为避李林甫迫害而获准免去左相职务。　⑧宗之：崔宗之，吏部尚书崔日用之子，袭父封为齐国公，官至侍御史，也是李白的朋友。　⑨觞：大酒杯。白眼：晋阮籍能作青白眼，青眼看朋友，白眼视俗人。　⑩玉树临风：崔宗之风姿秀美，故以玉树为喻。　⑪苏晋：开元间进士，曾为户部和吏部侍郎。长斋：长期斋戒。绣佛：画的佛像。　⑫逃禅：指不守佛门戒律。佛教戒饮酒。苏晋长斋信佛，却嗜酒，故曰“逃禅”。　⑬“李白”四句：李白以豪饮闻名，且文思敏捷，常以酒助诗兴。《新唐书·李白传》载：“天宝初，往见贺知章，知章见其文，叹曰：‘子，谪仙人也！’言于玄宗。召见金銮殿，论当世事，奏颂一篇。帝赐食，亲为调羹，有诏供奉翰林。白犹与饮徒醉于市。帝坐沉香亭子，意有所感，欲得白为乐章，召入，而白已醉。稍解，援笔成文，婉丽精切，无留思。帝爱其才，数宴见。白尝侍帝，醉，使高力士脱靴……”　⑭张旭：吴人，唐代著名书法家，善草书，时人称为“草圣”。　⑮脱帽露顶：形容张旭狂放不羁的醉态。　⑯“挥毫”句：张旭每大醉，常呼叫奔走，索笔挥毫，醒后自视手迹，以为神异，不可复得。世称“张颠”。　⑰焦遂：布衣之士，事迹不详。卓然：神采焕发的样子。　⑱高谈雄辩：传焦遂口吃，平日不善言谈，只有醉酒后才高谈阔论，表现出非凡的辩才。

【诗义解说】

贺知章醉后骑马摇来晃去像乘船，眼花失足落进井里水底就地眠。汝阳王李琎喝上三斗才把皇上见，路逢曲车还要流口涎，恨不能把封地迁到遥远的酒泉。左相李适之每日尽兴费万钱，豪饮的酒量如鲸鱼吸百川，辞官贪酒说是为避贤。崔宗之翩翩潇洒美少年，举杯白眼傲青天，风姿俊朗宛如玉树摇风前。苏晋长年斋戒在画佛前，嗜酒每醉爱逃禅。李白斗酒诗百篇，长安街市酒家眠。天子呼来不上船，自称臣是那酒中的仙。张旭三杯草圣名声传，脱帽露顶放任不羁在王公前，泼墨挥毫草书字迹如云烟。焦遂喝上五斗方醉神采也焕然，高谈阔论语惊四座辩才实非凡。

明·杜堇《古贤诗意图》之《饮中八仙》

图中以白描的手法把八位人物的各种醉态，按杜甫的诗意描写出来，生动形象。

曲江春感[①]

罗隐

江头日暖花又开，江东行客心悠哉[②]。
高阳酒徒半凋落[③]，终南山色空崔嵬[④]。
圣代也知无弃物，侯门未必用非才[⑤]。
一船明月一竿竹，家住五湖归去来[⑥]。

【难点疏通】

①曲江：即曲江池，在今西安市东南，因水流曲折而得名。唐代每年的三月三日朝野官民游乐于此，新及第的士子也在此举行宴庆活动。 ②江东行客：诗人自称。 ③高阳酒徒：汉陈留高阳酒徒郦食其面见刘邦，自称“高阳酒徒”，受到刘邦的礼遇和重任，曾助汉军占领齐七十余城。后代以此比喻豪放嗜酒的狂士，也用于咏贫士得到知遇的典故。事见《史记·郦生陆贾列传》。 ④终南山：又称南山，在陕西西安市南。许多唐朝士人为博取清名，隐居于此，以便谋取功名。崔嵬：高峻。 ⑤非才：非常之才。 ⑥五湖：泛指太湖一带的吴月之地。此为诗人家乡。归去来：晋陶渊明辞官，有《归去来辞》。

【诗义解说】

春暖花开曲江头，江东流浪人心自在。狂妄才士大半寂寞离去，南山空高以此难博功名。圣明之时即便明白没有废物，官宦之所未必重用非常之才。不如撑起竹竿载一船明月，归隐五湖效仿陶渊明。

明·陈洪绶《陶渊明故事图》

本图描绘陶渊明弃官归田过清苦生活的几个镜头。

和袭美索友人酒[①]

郑壁

乘兴闲来小谢家[②]，
便裁诗句乞榴花[③]。
邴原虽不无端醉[④]，
也爱临风从鹿车[⑤]。

【难点疏通】

①袭美：皮日休，字袭美。　②小谢：南朝诗人谢朓。此喻指皮日休。　③榴花：美酒的雅称。据《南史·夷貊传上·扶南国》载，顿逊国有酒树似安石榴，采其花汁停瓮中，数日成酒。后以“榴花”雅称美酒。　④邴原：三国魏人，本能饮酒，自外出游学后，八九年间，酒不向口，直到学成临别师友之际，方放怀畅饮，竟终日不醉。事见《三国志·魏书·邴原传》。　⑤鹿车：晋刘伶嗜酒，常乘鹿车，携一壶酒，命人荷锹跟着他，说“死便掘地以埋”。见《世说新语·文学》引《名士传》。

【诗义解说】

闲居无事来袭美家探访，恰逢他裁纸为诗乞酒名榴花。形同邴原从不无缘无故醉倒，也偶尔像刘伶携酒随着鹿车行。

唐·高位《高逸图》之刘伶

画中刘伶坐于华美的地毯上，回头欲吐，旁有童子持壶跪接。画作线条细劲柔和，刚柔相济。人物动作情态各具神采。

劝酒·答酒

渭城曲①

王维

渭城朝雨浥轻尘②，客舍青青柳色新。
劝君更尽一杯酒③，西出阳关无故人④。

【难点疏通】

①渭城曲：曲名，又称《阳关曲》、《阳关三叠》。这是一首送人赴边地从军的诗，又名《送元二使安西》。元二，不详何人。安西，唐安西都护府治所，在今新疆维吾尔自治区库斯县境。　②渭城：即咸阳故城，在长安（今西安）西北渭水北岸，汉高祖时改为新城，汉武帝时又改为渭城。浥：沾湿。　③更尽一杯酒：再喝一杯酒。　④阳关：关名，汉置，在今甘肃敦煌县西南，出塞的必经之地，因在玉门关南，故称阳关。

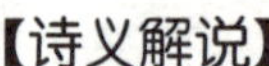

【诗义解说】

渭城晨雨濡湿了路上的灰尘，客店前的柳树青翠新鲜。劝您再喝一杯酒吧，向西出了阳关再也见不到老熟人。

宋·佚名《柳荫放牧图》

临溪草地上，一牛闲卧，一牛吃草。牧童伏于刚刚发芽的柳树上，悠闲自得。此图对柳树的描绘十分细腻，枝干疏密、浓淡、粗细相间，点笔点出刚刚发出的嫩芽，富有生机。

月下独酌四首（其二） 李白

天若不爱酒，酒星不在天[①]。
地若不爱酒，地应无酒泉[②]。
天地既爱酒，爱酒不愧天。
已闻清比圣，复道浊如贤[③]。
贤圣既已饮，何必求神仙。
三杯通大道[④]，一斗合自然。
但得酒中趣，勿为醒者传。

【难点疏通】

①酒星：古人认为天上有管酿酒的酒星。《晋书·天文志》："轩辕右角南三星曰酒旗，酒官之旗也，主宴飨饮食。"轩辕，我国古星名，共十七颗星。酒星就在它的东南方。 ②酒泉：原名金泉，位于甘肃省酒泉城东。《汉书·地理志》载："城下有金泉，其水若酒，故曰酒泉。"相传汉骠骑大将军霍去病将御酒倾入此泉，与众人同饮。后便改名为酒泉。 ③"清比圣"、"浊如贤"两句：《三国志·魏书·徐邈传》："时科禁酒，而邈私饮至于沉醉。校事赵达问以曹事，邈曰：'中圣人。'达白之太祖，太祖甚怒。度辽将军鲜于辅进曰：'平日醉客谓酒清者为圣人，浊者为贤人。邈性脩慎，偶醉言耳。'竟坐得免刑。"后代便把清酒比做"圣"，浊酒比做"贤"。 ④大道：天人合一的大道理。

【诗义解说】

老天如果不爱酒，天上就不该有酒星。大地如果不爱酒，地上就不该有酒泉。天地既然都爱酒，爱酒的我就不愧于天。早就听说把清酒比做"圣人"，还把浊酒比做"贤"。清酒浊酒都已饮，又何必拜天求神仙？三杯下肚懂得大道理，一斗喝进本性完全合天然。只要明白酒中的真趣，也没必要向清醒者去播传。

宋·梁楷《太白行吟图》

此画是典型的人物简笔画。寥寥数笔，把诗仙李白才思奔涌、纵酒飘逸的神韵写出。作者选取最能反映诗人精神面貌的形态，加以勾勒概括，虽简略几笔，却形神毕肖，意蕴生动。

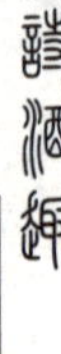

嘲王历阳不肯饮酒 李白

地白风色寒，雪花大如手。
笑杀陶渊明，不饮杯中酒[1]。
浪抚一张琴[2]，虚栽五株柳[3]。
空负头上巾[4]，吾于尔何有。

【难点疏通】

①“笑杀”两句：晋代诗人陶潜爱饮酒，其在自传《五柳先生传》中说：“性嗜酒，家贫不能常得。亲旧知其如此，或置酒而招之。造饮辄尽，期在必醉；既醉而退，曾不吝情去留。”这里调笑王历阳貌效陶渊明，却不肯像陶渊明那样尽情饮酒。 ②浪：虚，白白地。梁·萧统《陶渊明传》：“渊明不解音律，而蓄无弦琴一张，每酒适，辄抚弄以寄其意。” ③五株柳：陶渊明《五柳先生传》：“先生不知何许人也，亦不详其姓字。宅边有五柳树，因以为号焉。” ④头上巾：陶渊明头上的葛巾。《宋书·隐逸传·陶潜》载：“郡将候潜，值其酒熟，取头上葛巾漉酒，毕还复著之。”

【诗义解说】

寒风凛冽大地一片白茫茫，手掌一般大的雪花纷纷扬扬。可笑你枉比陶渊明，不肯一饮而尽杯中的酒。白白地抚琴难寄陶令意，栽上五柳也比不上陶渊明。不能以巾滤酒戴在头上又何用，和你相处无酒可饮又有什么乐趣可言？

明·王仲玉《陶渊明像》

绘东晋名士陶渊明，神情淡逸，手持卷帙，似在构思。笔法秀逸，主要以白描勾画，只在袖口、发罩、肩披等处淡墨渲染，衣纹线条流畅，潇洒飘逸，突出了人物性格。

绝句漫兴九首（其四） 杜甫

二月已破三月来[1]，
渐老逢春能几回？
莫思身外无穷事[2]，
且尽生前有限杯。

【难点疏通】

①二月已破：二月已经残缺不全。 ②莫思：不要考虑。

【诗义解说】

二月已过三月已来，渐渐老去还能遇到几个春天？不要为无尽的身外事烦恼了，姑且喝尽有生之年有限的酒。

宋·佚名《夜宴图》（之一）

此卷取材于唐代十八学士夜宴的故事，描绘十八文人雅士于庭院的花木中秉烛夜宴的场面。雅士们分三席而坐，觥筹交错，醉态各异，仆童侍女，忙于搀扶。图中人物、树木、器具刻画细腻，线条流畅，非常传神。

和乐天以镜换酒

刘禹锡

把取菱花百炼镜[①]，换他竹叶十旬杯[②]。
颦眉厌老终难去[③]，蘸甲须欢便到来[④]。
妍丑太分迷忌讳[⑤]，松乔俱傲绝嫌猜[⑥]。
校量功力相千万，好去从空白玉台[⑦]。

【难点疏通】

①菱花：即铜镜。 ②竹叶：酒名。十旬杯：一杯醉一百天的酒。 ③颦眉：皱眉。 ④蘸甲：斟满酒杯。 ⑤妍丑：相貌的好与坏。忌讳：遭人猜忌的行为或语言。 ⑥松乔：赤松子与王子乔，传说中的两位仙人。汉·刘向《列仙传·赤松子》："赤松子者，神农时雨师也。……往往至昆仑山上，常止西王母石室中，随风雨上下，炎帝少女追之，亦得仙俱去。"又《列仙传·王子乔》："王子乔者，周灵王太子晋也。好吹笙作凤凰鸣。游伊洛之间。道人浮丘公接以上嵩山，三十余年后，求之于山上，见桓良曰：'告我家，七月七日待我于缑氏山巅。'至时，果乘白鹤驻山头，望之不得到。举手谢时人，数日而去。" ⑥嫌猜：嫌隙和猜疑。 ⑦从空：远离尘世。玉台：《汉书·礼乐志》："天马来，龙之媒，游阊阖，观玉台。"阊阖，天门。玉台，上帝居所，这里指仙境。

【诗义解说】

你（白居易）用百炼的菱花铜镜，换来一杯可让人醉上百天的美酒。与其对镜空叹年老难摆脱，不如满杯举觞让快乐来围绕。美丑辨得太清容易遭猜忌，像赤松子和王子乔那样远离尘世方可得安闲。比量比量自己的酒力可否胜千杯，喝醉正好可远离尘世来仙境漫游。

宋·佚名《夜宴图》（之二）

此卷取材于唐代十八学士夜宴的故事，描绘十八文人雅士于庭院的花木中秉烛夜宴的场面。雅士们分三席而坐，觥筹交错，醉态各异，仆童侍女，忙于搀扶。图中人物、树木、器具刻画细腻，线条流畅，非常传神。

花下自劝酒 白居易

酒盏酌来须满满[1]，
花枝看即落纷纷。
莫言三十是年少[2]，
百岁三分已一分[3]。

【难点疏通】

①酌：斟酒。 ②莫言：不要说。 ③三分已一分：已经过去了三分之一。

【诗义解说】

酒杯要斟得满满的，看花枝摇动已落花纷纷。不要说三十岁了还年少，百岁人生已过去三分之一。

元·盛懋《秋舸清啸图》

远山如黛，湖水荡漾。近岸树木繁茂。一蓬舟缓缓而来，舟中一逸者仰天长啸，身前是喝空了的酒瓮，船尾一童子正轻摇竹木橹。

劝僧酒　皇甫松

劝僧一杯酒，
共看青青山。
酣然万象灭，
不动心印闲[①]。

【难点疏通】

①心印：禅宗用语，即不用语言文字，以心传心。

【诗义解说】

老僧请您喝杯酒吧，然后和我一起看那巍峨青山。醉意迷离自然万事皆为空，以心传心禅意相通何必劳精神。

宋·范宽《雪山萧寺图》

白雪皑皑覆盖下的深山幽谷中，寒树丛生，山间古刹宁静，寒泉静流。天空是阴霾的，空气是寒冷的。想象中此时古刹中的僧侣或正在款待路过的行人，行人却反客为主，劝起酒来。这样欣赏此画，很有趣味。

对酒曲二首（其二） 贾至

春来酒味浓，举酒对春丛。
一酌千忧散，三杯万事空。
放歌乘美景，醉舞向东风[①]。
寄语尊前客，生涯任转蓬[②]。

【难点疏通】

①东风：春风。　②转蓬：随风飘散的蓬草，比喻居无定所，四处漂泊。

【诗义解说】

春天到处散发酒香浓浓，举杯畅饮对着草丛绿莹莹。一口下肚所有的忧愁都散去，喝上三杯万事万物尽为空。趁着良辰美景纵情放歌，借着酒胆翩翩起舞伴春风。杯前的人你听好我的话，人的一生好比蓬草任飘零。

明·邵弥《溪亭访友图》

图中茂密的树林之中掩映着茅屋，室内主客围案对饮，木桥上一雅士携琴访友，后跟随从。画面境界幽深，明快高雅。

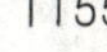

感怀二首（其二）　戴叔伦

主人饮君酒，劝君弗相违。
但当尽弘量[①]，觞至无复辞[②]。
人生百年中，会合能几时。
不见枝上花，昨满今渐稀。
花落还再开，人老无少期。
古来贤达士，饮酒不复疑。

【难点疏通】

①弘量：最大的酒量。　②觞：酒杯。

【诗义解说】

主人招待我们来饮酒，劝你不要推辞款待的盛情。尽管放开你最大的酒量，杯到眼前不要再推辞。人生无非百年，朋友相聚能有多少次？没看到枝头上的花朵吗？昨天还丰盈盛放今天已残稀。花儿谢了还有再开日，人老却无再少时。自古以来贤达人，对饮酒的好处不怀疑。

元·唐棣《松林聚饮图》

湖边苍郁松荫下，四人席地而坐，正举杯畅饮，旁有两人手捧壶尊侍候，还有艺人端案而来。对岸古树茅舍，远山逶迤。对饮者的描绘尤其细致，他们或解衣豪饮，或侃侃而谈，不拘礼节，生动地表现了饮者酒酣兴豪的生活乐趣。

自遣 罗隐

得即高歌失即休①，
多愁多恨亦悠悠②。
今朝有酒今朝醉，
明日愁来明日愁。

【难点疏通】

①休：退隐。 ②悠悠：岁月漫长。

【诗义解说】

得意可高歌失意可退隐，忧愁的日子漫长又难熬。今天有酒今天醉，明天的愁事明天再去愁。

宋·马远《松下闲吟图》

画面一高士坐于山腰松树下把酒吟诗，一鹤飞翔而下。树下案几上放置着纸墨，似正等待主人书写。童子蹲坐案边整理笔墨，生动传神。

劝酒

于武陵

劝君金屈卮[①]，
满酌不须辞。
花发多风雨[②]，
人生足别离[③]。

【难点疏通】

①金屈卮：古代一种名贵的酒器。 ②花发：花开。 ③足：多。

【诗义解说】

劝您斟满金屈卮，痛快畅饮不要推辞。你看那盛开的花朵也要经受许多风雨的摧残，人生更要经常饱受离别的痛苦。

南宋·佚名《秋堂客话图》

画面篱笆小院、古树环抱的茅屋中两位文人对灯夜话，倾心相谈，一派和谐宁静。

酬乐天劝醉

元稹

神曲清浊酒[1]，牡丹深浅花。少年欲相饮，此乐何可涯。
沉机造神境[2]，不必悟楞伽[3]。酡颜返童貌[4]，安用成丹砂。
刘伶称酒德[5]，所称良未多。愿君听此曲，我为尽称嗟。
一杯颜色好，十盏胆气加。半酣得自恣，酩酊归太和[6]。
共醉真可乐，飞觥撩乱歌。独醉亦有趣，兀然无与他。
美人醉灯下，左右流横波[7]。王孙醉床上，颠倒眠绮罗。
君今劝我醉，劝醉意如何。

【难点疏通】

①神曲：酿酒的酵母。 ②沉机：使机心平静安闲。机心，世俗之心。 ③楞伽：佛经名。印度、汉土、西藏，三地的佛家都与本经有很深的渊源。 ④酡颜：酒后脸红的颜色。 ⑤刘伶：晋竹林七贤之一，好饮，著《酒德颂》。 ⑥酩酊：大醉。太和：指醉酒后混沌无觉的状态。 ⑦横波：女子顾盼流动的眼神。

【诗义解说】

好酒神曲来酿造，好花缤纷属牡丹。少年沉醉饮美酒，饮酒的乐趣大无边。泯灭世俗功利心，有酒何须把佛参。红红的脸蛋返童颜，有酒不用服药丹。刘伶颂酒有《酒德》，《酒德》称颂差得多。请您听我唱一曲，为您把酒的好处再说一说。喝上一杯面容好，喝上十盏胆气豪。半醉不醉任性又恣肆，酩酊大醉无知无觉更无悲。与人共醉诚可乐，觥筹交错你唱我也歌。一人独醉也有趣，傲然兀立自在无他约。倾城美女醉灯下，眼神流转顾盼如秋波。王孙公子醉床上，横竖不顾绮罗帐中逍遥眠。今日劝我醉方休，您的意下又如何？

明·朱朗《仙山楼阁图》

画面上，山峦叠嶂，海天万里。楼阁中，人们或观赏风景，或对饮相谈。一点红日和红色的屋脊为整个画面增添了富艳的色彩。

答劝酒

白居易

莫怪近来都不饮[1]，
几回因醉却沾巾。
谁料平生狂酒客[2]，
如今变作酒悲人[3]。

【难点疏通】

①都：总是。 ②狂酒客：疯狂饮酒的人。 ③酒悲人：因酒伤情的人。

【诗义解说】

别怪我近来总是不喝酒，只为几次因醉而泪沾巾。谁知平日里疯狂的乐酒者，如今变成见酒伤心的人。

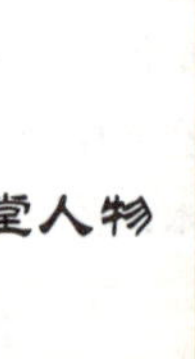

五代·周文矩《琉璃堂人物图》

此图画唐代诗人王昌龄与诗友在江宁县丞所琉璃堂聚会吟唱的故事，共画十一人，此为残存部分，为宋摹本。画面色彩淡雅，格调清逸，人物神态闲逸端庄，衣纹线条顿挫流畅。

离筵诉酒[①] 韦庄

感君情重惜分离，
送我殷勤酒满卮。
不是不能判酩酊[②]，
却忧前路酒醒时。

【难点疏通】

①离筵：送别的筵席。诉酒：辞酒不饮。 ②判酩酊：拼命喝得大醉。

【诗义解说】

惜离别感念你情深意浓，殷勤满杯为我来饯行。不是不能喝他个酩酊大醉，而是担心前方路半酒醒更伤情。

明·王问《天风泛舟图》

画面湖光山色，浩淼阔远，竹叶婆娑。一叶小舟载一文人闲荡于湖中，船中桌案上堆放书籍，船尾的书翻开着，旁边有笔、砚等用品。文人回身远望，似有诗情蕴于心中。画笔浓淡相宜，用笔纵逸，别具一格。

闲坐忆乐天以诗问酒熟未 刘禹锡

案头开缥帙①，肘后检青囊②。
唯有达生理③，应无治老方。
减书存眼力④，省事养心王⑤。
君酒何时熟，相携入醉乡⑥。

【难点疏通】

①缥帙：淡青色的书套，此处代指书。 ②肘后：指中医学典籍《肘后救卒方》，亦称《肘后方》，晋葛洪撰，多收民间常用药方。这里借指医学书籍。青囊：古代医生盛装医书的囊，后借指医术。 ③达生理：通达的养生之道。 ④减书：少看书。 ⑤心王：佛教语，即心。 ⑥醉乡：酒中天地。

【诗义解说】

想你此时伏案正阅读，医学书中寻求不老术。只闻抛弃俗务通达养生道，治疗衰老之方应该无。还是少看这些书省省眼睛吧，从俗事中解脱出来养养心神。你酿的酒何时才能熟，我们好在酒中和天地一同醉。

元·钱选《山居图》

画面中部群山突起，山下绿树环抱，竹篱茅舍掩映其中，门外平湖如镜，轻舟摇荡。左侧石桥拱立，一人骑马携童过桥。作者以自己的隐居生活为题材创作此图。细劲柔韧的笔致勾勒出山石林木的轮廓，施青绿重彩，并以金粉点缀，画面绚丽清雅，富装饰意味，工致精巧中又不失古拙秀逸之气。

问酒·乞酒

曲江二首（其二）

杜甫

朝回日日典春衣[1]，每日江头尽醉归。
酒债寻常行处有[2]，人生七十古来稀。
穿花蛱蝶时时见，点水蜻蜓款款飞[3]。
传语风光共流转[4]，暂时相赏莫相违。

【难点疏通】

①朝回：退朝回来。典：典当。 ②寻常：经常。行处：到处。 ③款款：舒缓自在的样子。 ④传语：转告。流转：共同游览盘桓。

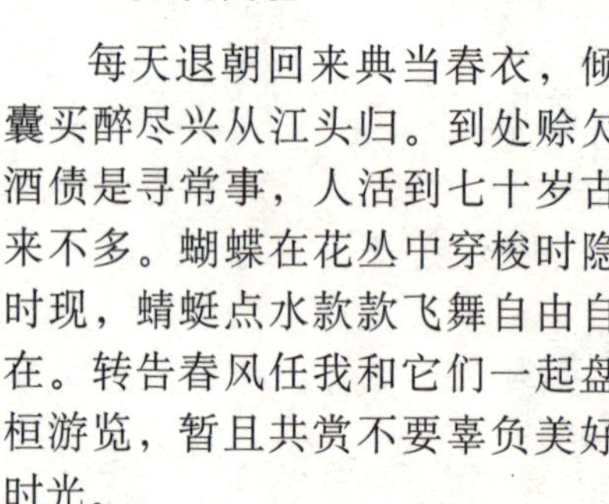

【诗义解说】

每天退朝回来典当春衣，倾囊买醉尽兴从江头归。到处赊欠酒债是寻常事，人活到七十岁古来不多。蝴蝶在花丛中穿梭时隐时现，蜻蜓点水款款飞舞自由自在。转告春风任我和它们一起盘桓游览，暂且共赏不要辜负美好时光。

五代·赵嵒《八达春游图》

此图描写一林苑中八人纵马游春的情景。林苑内有假山石，曲栏环抱，垂柳依依。八个人以一人为中心，他们骑在马上，或正身，或侧身，或回身，姿态各异；马匹错落有致，疏密得当，使整个画面活泼生动。

复愁十二首（其十一）杜甫

每恨陶彭泽①，无钱对菊花。
如今九日至，自觉酒须赊。

【难点疏通】

①陶彭泽：陶渊明。《艺文类聚》卷四引《续晋阳秋》："陶潜尝九月九日无酒，出宅边菊丛中，摘菊盈把，坐其侧。久之，望见白衣人至，乃王弘送酒也。即便就酌，醉后而归。"

【诗义解说】

每每替陶渊明深感遗憾，没钱买酒对菊而坐望南山。如今又到了九月初九，我若饮酒也得去赊。

明·马轼《归去来兮图》（之一、之二、之三）

之一写陶渊明弃官辞归，策杖而行，问路行者。之二写两棵古松下，诗人席地而坐，展卷命笔，若有所思。之三写诗人坐船首引颈远望，巾带迎风飘起，显现出船速之快。

少年行 杜甫

马上谁家薄媚郎[①]，
临阶下马坐人床[②]。
不通姓字粗豪甚，
指点银瓶索酒尝。

【难点疏通】

①薄媚：轻薄谄媚。 ②床：一种可以折叠的坐具。

【诗义解说】

骑马而来的是谁家的轻薄郎？阶前下马坐在别人的凳子上。不报姓名太粗野，指着银瓶要把酒来尝。

唐·佚名《游骑图》

此图描绘了贵族子弟骑马游乐的场面，反映了当时仕宦人家轻狂骄奢的生活。画面一共七个人，此为其二。画中人骑在马上，腋携弹弓，一副轻狂的样子。

对雪

杜甫

北雪犯长沙，胡云冷万家[①]。
随风且间叶[②]，带雨不成花[③]。
金错囊从罄[④]，银壶酒易赊。
无人竭浮蚁[⑤]，有待至昏鸦。

【难点疏通】

①胡云：北方的云。 ②随风且间叶：风、雪、落叶交加。 ③带雨不成花：难成雪花的冻雨。 ④金错：即金错刀。古代的一种钱币。罄：尽。 ⑤浮蚁：酒上漂着的沫，此代指酒。

【诗义解说】

北方的雪肆虐长沙，朔地的风寒冷千万家。风雪交加裹挟着落叶，落地化雨难成美丽的雪花。囊中的金错币虽已用完，用银壶换酒却还容易。无人陪我喝个痛快，孤独等来的却是昏鸦。

清·萧云从《雪岳读书图》

皑皑雪山环抱一屋宇，室内高士正捧书而读。用勾笔画山石，树林设色清雅，结构繁密，笔法严整，风格独特。

病中赠南邻觅酒

白居易

头痛牙疼三日卧，妻看煎药婢来扶。
今朝似校抬头语[①]，先问南邻有酒无？

【难点疏通】

①校：校正，指病见好。

【诗义解说】

头痛牙疼躺了三天，妻看着煎药炉婢女来搀扶。今天早晨病去可抬头说说话，先问问南邻是否有酒饮？

明·仇英《人物故事图》（之二）

此图写文人雅士于竹林中宴饮品评古物的场面。笔法细腻，格调清新，其中人物各具形态，几案之上，杯、鼎、爵、壶各具形态。绚丽的色彩中现出精细、粗劲的风格。

乞酒

姚合

闻君有美酒，与我正相宜。
溢瓮清如水，黏杯半似脂。
岂唯消旧病，且要引新诗。
况此便便腹[1]，无非是满卮。

【难点疏通】

①便便：肥大的样子。

【诗义解说】

听说您有美酒，正合我的口味。从坛中溢出如水清澈，倒入杯中黏稠如脂。哪里仅仅可消除旧病，而且还能激发新诗情。何况我这肥大的肚腹，无非充当装满酒的杯。

清·龚贤《云山结楼图》

画面层峦叠嶂，丘壑纵横，浓阴密布，苍翠欲滴。在浓重的墨色中，几处屋宇以淡彩亮丽闪烁，显得格外温馨。

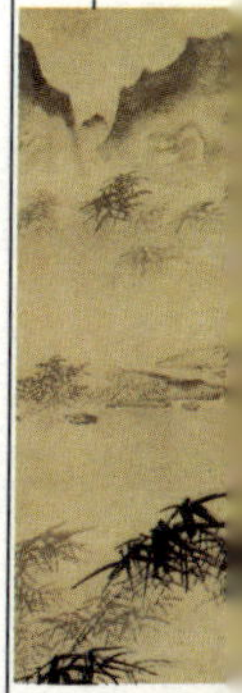

寄卫拾遗乞酒[①] 李白

老人罢卮酒[②]，不醉已经年。
自饮君家酒，一杯三日眠。
味轻花上露，色似洞中泉。
莫厌时时寄，须知法未传[③]。

【难点疏通】

①卫拾遗：卫洙，授左拾遗。 ②老人：诗人自称。 ③法：酿酒法。

【诗义解说】

我老头很久不喝酒了，也有很多年没醉过。自从喝了您家的酒，一杯就可让我睡三天。味道清淡犹如花上的晨露，颜色晶莹好像山洞中流出的清泉。经常寄酒给我莫嫌麻烦，要知道你没有传授给我酿酒的秘方。

清·胡慥《溪山隐逸图》

山石溪水边，一隐士置身于一叶扁舟中，捧卷细读。水面鸥鸟翩飞，岸边杂草丛生。画面明朗清新，静谧安详。

说酒·论酒

闲居 高适

柳色惊心事[1]，
春风厌索居[2]。
方知一杯酒[3]，
犹胜百家书。

【难点疏通】

①惊：勾起。 ②索居：独居。 ③方知：才知。

【诗义解说】

碧绿的柳色勾起我无尽的心事，温暖的春风也不喜欢寂寞孤独。一杯酒胜过百家书，这个道理我刚刚悟出。

宋·马远《秋江渔隐图》

画面中一老翁怀抱木桨，蜷伏在船头酣睡，小舟停泊在茂密的芦苇中，船下湖水微波粼粼，可让人感到小船的轻轻摇荡，从而体会出老翁的悠然自得。

酒德

孟郊

酒是古明镜，辗开小人心[①]。
醉见异举止[②]，醉闻异声音[③]。
酒功如此多，酒屈亦以深。
罪人免罪酒[④]，如此可为箴。

【难点疏通】

①小人：地位卑微的人。　②异举止：异常的举动，这里指酒后脱去平时伪装的真实表现。　③异声音：平时不敢说的真话。　④罪：责备，怪罪。

【诗义解说】

酒是万古的明镜，碾碎照鉴人的心。酒后现出人本相，醉了才敢吐真言。酒的功德如此多，酒的委屈也很深。责人莫要怪罪酒，这样才是诫人的良言。

元·王振鹏《伯牙鼓琴图》

描绘俞伯牙为知音钟子期弹琴的故事。画中俞伯牙瘦骨嶙峋，解衣敞怀专注弹琴；钟子期身着布衣，坐在石上低头静听；三个侍童也很投入地倾听。全图流畅自如，富有节奏感。

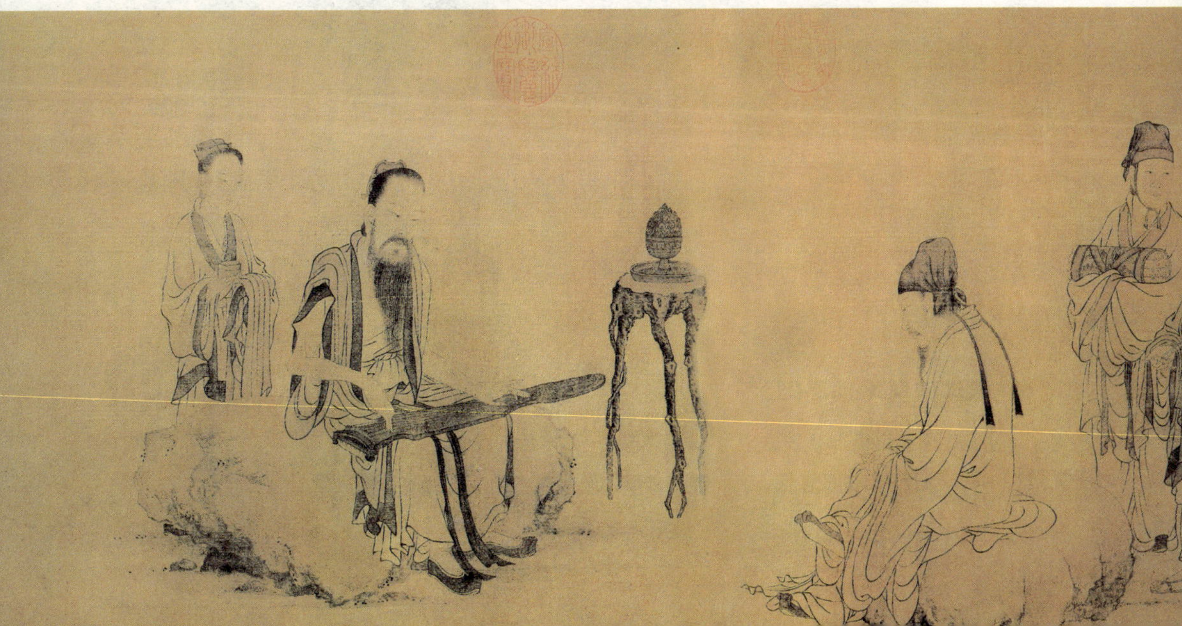

吊卢殷（其八）[①]

孟郊

前贤多哭酒[②]，哭酒免哭心[③]。
后贤试衔之[④]，哀至无不深。
少年哭酒时，白发亦已侵。
老年哭酒时，声韵随生沉[⑤]。
寄言哭酒宾，勿作登封音[⑥]。
登封徒放声，天地竟难寻[⑦]。

【难点疏通】

①卢殷：即卢隐(746～810)，范阳（今河北琢县）人，唐元和初年为登封尉，以病去官，客居登封以终。与韩愈、孟郊等友善。 ②哭酒：饮酒悲歌。 ③哭心：内心悲伤。 ④衔之：沿袭此行为。 ⑤随生沉：随着生命的衰竭而低沉。 ⑥登封音：指卢殷的哀怨之声。 ⑦竟难寻：终难探究。

【诗义解说】

前贤饮酒多悲歌，悲歌避免心伤悲。来者代代沿此习，无不悲哀彻骨深。少年悲歌酒，白发已经侵双鬓。老年悲歌酒，生命衰竭难发音。奉劝饮酒悲歌者，千万莫学卢登封。登封白白放悲声，问天问地难追寻。

清·袁江《蓬莱仙岛图》

画中群山环绕，烟波浩淼，山势险峻，楼阁粲然，祥云环生。全图以青绿设色，浑朴细密。

非酒

雍陶

人人慢说酒消忧[1]，我道翻为引恨由。
一夜醒来灯火暗，不应愁事亦成愁。

【难点疏通】

①酒消忧：曹操《短歌行》，“何以解忧，唯有杜康。”

【诗义解说】

人人都说酒可消忧，我说它反倒是引起愁怨的由头。一夜酒醒灯火昏暗，不该愁的事也成了愁。

清·普荷《山水图》（之一）

绘湖光山色中，一渔舟从芦苇丛中摇荡而出，船头渔翁正躬身捕鱼。人物形象生动传神，用笔疏简，气韵生动。

对酒

韦庄

何用岩栖隐姓名[①]，一壶春酎可忘形[②]。
伯伦若有长生术[③]，直到如今醉未醒。

【难点疏通】

①岩栖：栖息于山林之中，指隐居。②春酎：经过两次以上重酿的春酒，此泛指酒。 ③伯伦：西晋刘伶的字。伶嗜酒傲世，作《酒德颂》。

【诗义解说】

哪里用居于山林隐姓埋名，一壶美酒可以遗世忘形。刘伯伦如果有长生不老术，一直到今天还应长醉不醒。

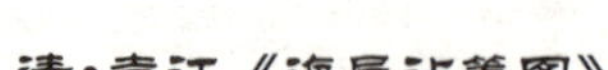
清·袁江《海屋沾筹图》

图中古松苍郁，环绕着岩石，烟波浩淼中远山叠翠，楼阁似浮于波涛之间。画面气势恢弘，笔法细密。水雾中一祥鸟展翅翱翔，使整个画面有了生机。

饮酒·醉酒

月下独酌四首（其一） 李白

花间一壶酒，独酌无相亲①。
举杯邀明月，对影成三人。
月既不解饮②，影徒随我身。
暂伴月将影③，行乐须及春。
我歌月徘徊，我舞影零乱。
醒时同交欢，醉后各分散。
永结无情游，相期邈云汉④。

【难点疏通】

①独酌：一个人饮酒。 ②解饮：懂得饮酒的乐趣。 ③月将影：月和影。 ④相期：相约。云汉：天河。

【诗义解说】

花丛中摆上一壶酒，孤独自饮没有亲人陪伴。举杯邀请天上的明月，对视身影正好有三人。明月不懂饮酒的乐趣，影子也徒然依随我的身！暂且和月影相依相伴，及时行乐趁着芬芳春天。明月听我唱歌徘徊不前，身影伴我舞蹈也跳动零乱。清醒时我们一同欢乐，沉醉后分别各自离散。情愿和无情之月永结伴，相约在高远的银河边。

明·杜堇《陪月闲行图》

画面上一文人雅士在清幽的夜色中伴月而行。人物神态淡定自如，山石树木萧疏有致。

山中与幽人对酌[1]

李白

两人对酌山花开[2]，
一杯一杯复一杯。
我醉欲眠卿且去，
明朝有意抱琴来[3]。

【难点疏通】

①幽人：隐居的人，李白的朋友。 ②对酌：两人对饮。 ③《宋书·隐逸传·陶潜》：“（陶）潜不解音声，而畜素琴一张，无弦，每有酒适，辄抚弄以寄其意。贵贱造之者，有酒辄设。潜若先醉，便语客：‘我醉欲眠，卿可去。’其真率如此。”

【诗义解说】

山花烂漫你我共对饮，一杯接着一杯可真痛快。我醉了想睡觉你先回去吧，明天心情好想着带琴来。

明·仇英《桃源仙境图》

图中的桃源仙境山峰峻伟，云雾缭绕，林木茂盛，溪水潺潺，隐居其中的人物仙风道骨，白衣飘飘。他们无拘无束，任性逍遥。整幅画以青绿设色，构图繁复，布局严禁，人物姿态各异，生动自然。

前有一尊酒行二首（其一）①

李白

春风东来忽相过，金尊渌酒生微波②。
落花纷纷稍觉多，美人欲醉朱颜酡③。
青轩桃李能几何④，流光欺人忽蹉跎⑤。
君起舞，日西夕，
当年意气不肯倾⑥，白发如丝叹何益。

【难点疏通】

①前有一尊酒行：乐府《杂曲歌辞》题。 ②渌酒：美酒。 ③酡：饮酒后脸色发红。 ④青轩：借指豪华的居室。桃李：《诗经·召南·何彼·矣》：“何彼秾矣，华如桃李。”后用“桃李年”比喻女子的青春年华。 ⑤蹉跎：光阴虚度。 ⑥意气：气概。

【诗义解说】

东来的春风忽然吹过，金杯中的美酒微波粼粼。眼前落花纷纷我喝得好像有点儿多，歌女舞娘也有醉意脸儿红扑扑。富贵青春能存有几时，时光飞逝岁月虚过。您起舞，日西落，当年的气概不肯白消磨，白发如丝只能空悲叹。

清·禹之鼎《乔元之三好图》

写学者乔元之以书、酒、音律为伴的生活意趣。图中主人坐于榻上，后面案几上书籍如山，左边三位女乐人正在吹拉弹唱，右侧女主人和女仆正抬出一坛新酒。表现了主人公豪宕放纵、不拘一格的性格。

前有一尊酒行二首（其二） 李白

琴奏龙门之绿桐[①]，玉壶美酒清若空。
催弦拂柱与君饮[②]，看朱成碧颜始红[③]。
胡姬貌如花，当垆笑春风[④]。
笑春风，舞罗衣，君今不醉欲安归。

【难点疏通】

①龙门之绿桐：《周礼·春官·大司乐》："阴竹之管，龙门之琴瑟。"龙门山在今山西、陕西交界处，其地产桐，适于制琴。诗文中用作咏琴的典故。 ②柱：琴柱。 ③看朱成碧：形容眼花。 ④胡姬：指卖酒的女子。当垆：卖酒。汉·辛延年《羽林郎》："胡姬年十五，春日独当垆。"

【诗义解说】

弹奏龙门桐制成的琴瑟，玉壶中美酒清澈透明有若无。抱琴拨弦与您共饮，面红眼花把红看成绿。卖酒女郎貌美如花，当垆揽客满面春风。满面春风，罗衣曼舞，您今日不醉怎么可以回家？

宋·马远《对月图》

画中山峰峻傲，月色朦胧，古松苍茂。山石平台上，一文人坐于案边，他手端酒杯，邀月共饮。旁边的童子手捧酒瓶侍立。画面构图布局偏重一角，设色浓重，意境高远、深邃。

九日龙山饮　李白

九日龙山饮[1]，黄花笑逐臣[2]。
醉看风落帽[3]，舞爱月留人。

【难点疏通】

①九日：农历九月九日。龙山：在今安徽省当涂县南，晋孟嘉九月九日曾赴桓温在此举行的宴会。　②黄花：菊花。逐臣：被贬官的人。诗人自称。　③落帽：晋孟嘉九月九日参加桓温在龙山的宴会，兴致很高，风吹掉帽子也没发觉，后世以此为咏九月九日宴饮酣畅的典故。

【诗义解说】

九月九日畅饮在龙山，菊花嘲笑我是被贬的人。风吹落帽醉眼看，舞步优美明月把我来挽留。

清·任薰《人物图》之二

以淡墨花青写清幽竹林，山石横卧，仆童正燃竹枝温酒，主人倚石而坐，悠然闲逸。整幅画墨色淡雅融合，线条圆润宛转。

金陵九日

唐彦谦

野菊西风满路香，雨花台上集壶觞[①]。
九重天近瞻钟阜[②]，五色云中望建章[③]。
绿酒莫辞今日醉[④]，黄金难买少年狂[⑤]。
清歌惊起南飞雁，散作秋声送夕阳。

【难点疏通】

①雨花台：在南京市南中华门外，山高约一百米。传说南朝梁武帝时有云光法师在此讲经，感动天神，落花如雨，故名雨花台。集壶觞：指聚友饮酒。 ②九重天：最高处。钟阜：即紫金山（钟山），在南京城东。 ③五色云：祥瑞的五彩云。建章：汉长安宫殿名。这里泛指金陵（南京）各朝殿阁的遗迹。 ④绿酒：用米酿的酒，上浮绿色泡沫，因称绿酒。 ⑤狂：狂放。

【诗义解说】

西风吹来一路弥漫野菊的花香，朋友们聚集在一起宴饮在雨花台上。站在最高处远望城东的紫金山，金陵的殿阁亭台笼罩在五彩祥云中。美酒香浓不要推辞我们一醉方休，黄金万两买不来少年的狂放心情。清歌一曲惊起了南飞的鸿雁，化作萧瑟秋声送走西下的夕阳。

明·文徵明《东园图》

东园位于南京钟山东凤凰台下，原是明代开国重臣中山王徐达的赐园，名为“太府园”，后其五世孙徐泰加以修葺扩建，辟作别墅，更名“东园”。此图表现了东园雅集时的情景。图中板桥横于潺潺细流之上，青松翠竹遥相呼应，湖石疏置，碧树成荫，池水为清风吹皱，泛起层层涟漪。甬路上二文士边走边谈，携琴童子相随其后；堂内四人凝神赏画，另有手捧数轴书画的小童侍立桌旁，水榭之中对弈的两人神态悠闲安逸。

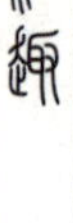

酬乐天斋满日裴令公置宴席上戏赠

刘禹锡

一月道场斋戒满①，今朝华幄管弦迎②。
衔杯本自多狂态③，事佛无妨有佞名④。
酒力半酣愁已散，文锋未钝老犹争。
平阳不独容宾醉⑤，听取喧呼吏舍声⑥。

【难点疏通】

①一月道场斋戒满：一个月的斋戒已作完。乐天（白居易）于开成元年九月持斋一月，十月初满。道场，作法事之所。 ②华幄：华美的帐幕。 ③衔杯：指饮酒。刘伶《酒德颂》："捧瓮承槽，衔杯漱醪。" ④佞名：阿谀不实之名。 ⑤平阳：此指裴令公裴度。 ⑥吏舍声：官吏居舍中的喧哗声。

【诗义解说】

白乐天持斋整整一月满，今天在华美的幕帐里设宴奏乐把他迎。举杯痛饮现出本来的狂态，崇奉佛法稍有不诚也无妨。酒力不胜半醉半醒心中愁已消，文思敏捷尚不迟钝虽老犹争雄。裴令公不仅仅宽容大醉的宾客，也任我等在吏舍中喧闹和呼号。

明·陈洪绶《南生鲁四乐图》（之四）

此图取自白居易《四乐图》诗意。此图名为《逃禅》，画居士盘坐于蕉叶上，后有佛像和莲花，表现白居易晚年居洛阳龙门石窟，忘情山水，栖心禅释。整个画面风雅恬淡，人物形象生动。

雪夜小饮赠梦得[1]

白居易

同为懒慢园林客，共对萧条雨雪天。
小酌酒巡销永夜[2]，大开口笑送残年。
久将时背成遗老[3]，多被人呼作散仙[4]。
呼作散仙应有以，曾看东海变桑田[5]。

【难点疏通】

①小饮：即慢慢地、少少地喝。梦得：刘禹锡，字梦得。 ②小酌：小饮。酒巡：按次序斟饮。永夜：长夜。 ③将时背：与时运乖违。 ④散仙：道教中称没被授予职位的仙人为散仙。此喻没有官职自由闲散之人。 ⑤东海变桑田：谓时局变化之巨大。这里含有冷眼观时变之意。

【诗义解说】

我和你同居园林是懒散之人，一起对着萧条的雨雪天。依次慢慢喝点小酒消磨漫漫长夜，开口大笑度过余下的残年。长时间违背时运如今成了被遗忘的老人，多数时候被人称为散仙。被称做散仙应该有原因，曾经冷眼观望时局的变迁。

清·梅清《高山流水图》

画面上一圆柱形险峰兀立于群山之中，气势雄壮。远处古松盘曲，枝繁叶茂，远山壁立，松林错落。一隐者席地坐于石上，观赏对面的飞瀑。整个画面动静结合，情景交融。技法上，工笔写意结合，墨色浓淡相宜，清洁明淡，洋溢着仙逸之气。

闰九月九日独饮

白居易

黄花丛畔绿尊前[①]，犹有些些旧管弦[②]。
偶遇闰秋重九日[③]，东篱独酌一陶然[④]。
自从九月持斋戒[⑤]，不醉重阳十五年。

【难点疏通】

①黄花：菊花。绿尊：绿酒，此泛指美酒。 ②些些：少许，一点儿。 ③闰：农历把一年定为三百五十四或三百五十五天，阳历把一年定为三百五十六天。所余的时间约每三年积累成一个月，加在一年里，称为闰。闰秋重九日：即闰九月九日。 ④东篱：东晋陶渊明《饮酒》诗有“采菊东篱下，悠然见南山”句，后人用以喻隐居饮酒之所。 ⑤持斋戒：唐人以正月、五月、九月为长斋月，但闰月除外。

【诗义解说】

菊花丛中美酒置眼前，还有熟悉的嘤嘤管弦音。偶逢闰九重阳日，悠然独饮东篱边。自从九月坚持斋戒，重阳戒酒已有十五年。

清·唐寅《东篱赏菊图》

图中远山峻峭，古松苍翠。溪边石上，两高士正在赏菊，边上两侍童忙于备酒，前一侍童悠然采菊。全图设色凝重中不乏明丽，劲峭中不乏温婉。

饮后戏示弟子

白居易

吾为尔先生，尔为吾弟子。孔门有遗训，复坐吾告尔。
先生馔酒食[①]，弟子服劳止[②]。孝敬不在他，在兹而已矣。
欲我少忧愁，欲我多欢喜。无如酝好酒[③]，酒须多且旨[④]。
旨即宾可留，多即罍不耻[⑤]。吾更有一言，尔宜听入耳。
人老多忧贫，人病多忧死。我今虽老病，所忧不在此。
忧在半酣时，樽空座客起[⑥]。

【难点疏通】

①馔：吃喝。 ②劳止：辛劳。 ③酝：酿造。 ④旨：味美。《诗经·小雅·鱼丽》：“君子有酒，旨且多。” ⑤罍不耻：酒坛不觉耻。 ⑥座客起：座中宾客起身告辞。东汉孔融尝云：“座上客常满，樽中酒不空，吾无忧矣。”见《后汉书》本传。

【诗义解说】

我是你的老师，你是我的弟子。孔门留有遗训，坐下来我告诉你。老师吃喝酒食，弟子要辛劳服侍。孝敬不在别的事，只表现在此而已。要让我少些忧愁，要让我多些欢喜。不如酿造好酒，酒要多多味要美。味美宾客可长留，酒多坛子不觉耻。我还要多说一句话，你要用心听进耳。人老大多忧贫寒，人病多数都怕死。如今我虽老且病，但我的担心不在此。我担心喝到半酣不醉时，樽空无酒座中宾客起身告辞。

宋·马远《孔子像》

此图孔子身着长袍，拱手而立，沉静肃穆，若有所思。用秃笔写衣纹，简练概括，线条劲拔，寥寥数笔，形神毕现，设色浅淡，意韵高雅。

戏赠主人　孟浩然

客醉眠未起①，
主人呼解酲②。
已言鸡黍熟③，
复道瓮头清④。

【难点疏通】

①客醉：做客喝醉了酒。这里指诗人自己。　②解酲：醒酒。酲，喝醉酒神志不清的病态。　③鸡黍：待客的饭菜。黍，黄米饭。《论语·微子》：“止子路宿，杀鸡为黍而食之。”　④瓮头：初熟之酒。清：酒已过滤。

【诗义解说】

做客喝醉了酒沉睡不起，主人叫我起来醒醒酒。说饭菜已经准备好，还说酒熟了已滤清。

元·刘贯道《消夏图》

画中一人袒胸赤足卧于榻上，体态闲适，面容安逸。旁有两侍女一执扇，一回身，体态优雅娴静。画面布局紧凑，笔法凝练，人物仪态舒畅。

醉中作

张说

醉后乐无极，弥胜未醉时①。
动容皆是舞②，出语总成诗。

【难点疏通】

①弥：更加。 ②动容：动作表情。

【诗义解说】

醉后感到快乐无限，远远胜过清醒之时。动作表情都像是跳舞，说出的话都是美丽诗篇。

五代·周文矩《文苑图》

绘四位文士围绕松树思索诗句，有倚罍石持笔觅句者，有靠松干构思者，有两人并坐展卷推敲改诗者，情态各异，形神俱备。所缺前半段从《琉璃堂人物图》中可以看到，是画四人围坐议论，其中有一位僧人，还有侍奉的童仆。从全卷场面可领略当时宴集之盛况。

鲁中都东楼醉起作[1] 李白

昨日东楼醉，还应倒接篱[2]。
阿谁扶上马，不省下楼时。

【难点疏通】

①东楼：酒楼。 ②接篱：古代一种头巾。《晋书·山简传》："简每出游嬉，多之池上，置酒辄醉……有儿童歌曰：'山公出何许，往至高阳池。日夕倒载归，酩酊无所知。时时能骑马，倒著白接篱。'"

【诗义解说】

昨天酩酊大醉在东楼，也该反披围巾似山简。别说是谁扶我上的马，甚至不记得如何下的酒楼。

宋·佚名《田畯醉归图》

苍松掩映下，一田官头戴方帽，身着长衫，留着短须，醉意朦胧，骑牛缓步而归，旁边一人步行相扶，前面一童子，一手牵牛，一手拿着水壶饮水。田官体态古朴，醉态生动。全图设色妍美，苍松、翠竹、小树、山石等衬景，烘托出一个自由闲适的环境。

醉后寄山中友人 于鹄

昨日山家春酒浓，野人相劝久从容①。
独忆卸冠眠细草②，不知谁送出深松。
都忘醉后逢廉度③，不省归时见鲁恭④。
知己尚嫌身酩酊，路人应恐笑龙钟⑤。

【难点疏通】

①野人：居于山野的人。从容：时间很多。 ②细草：小草。 ③廉度：后汉廉范，字叔度，历任郡守，有治绩，百姓称颂。事见《后汉书》本传。 ④鲁恭：后汉人，为中牟令，以德化治县，螟不犯境，童子有仁心。事见《东观汉记》卷一二。 ⑤龙钟：行动不灵便。

【诗义解说】

昨天在山里人家喝的春酒很浓，山中朋友频频相劝说时间尚从容。只记得摘下帽子睡在小草上，不知谁把我送出茂密松林中。说不清醉后是否和廉度相逢，迷离归来仿佛见到了贤士鲁恭。知己好友尚嫌我醉态酩酊，陌生路人更应讥笑我东倒西歪步履龙钟。

元·钱选《扶醉图》

此图描绘陶渊明醉酒故事。画中的陶渊明醉态龙钟，坐在竹榻上，挥手告别宾客；客人双手作揖，恭敬地作别；仆人转身收拾狼藉的酒具。整幅画风格古朴、沉稳，笔法工致。

放言五首（其一）

元稹

近来逢酒便高歌，醉舞诗狂渐欲魔。
五斗解酲犹恨少[①]，十分飞盏未嫌多[②]。
眼前仇敌都休问，身外功名一任他。
死是等闲生也得，拟将何事奈吾何。

【难点疏通】

①五斗解酲：《晋书·刘伶传》：（伶曰）“天生刘伶，以酒为名，一饮一斛，五斗解酲。”酲，醉酒后的一种病态，古人认为以酒可解酒。　②十分飞盏：酒满杯称十分杯。

【诗义解说】

近来见到酒便高歌痛饮，醉后漫舞狂吟渐渐要着魔。五斗解酒还嫌少，杯斟满满不嫌多。眼前的仇敌都忘了吧，身外的功名也由他去。生死均为等闲事，还有何事可让我烦？

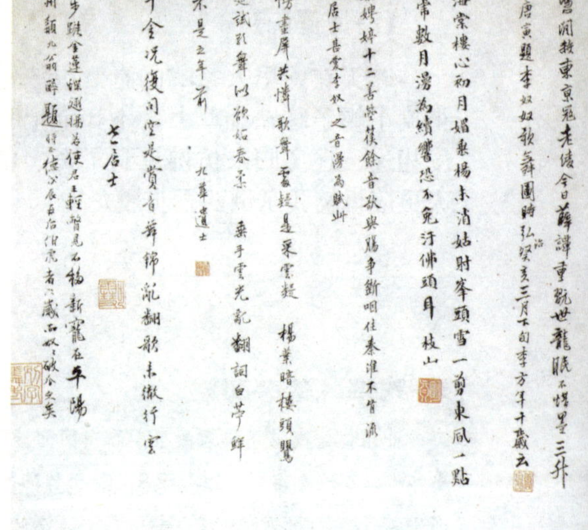

明·吴伟《歌舞图》

此图真实地反映了文士饮酒狎妓观舞的场景。狎客们与二女妓围坐一周，神态各异。狎客或侧首细品，或低头凝视，或举目静观，或捻须沉思。陪坐的女妓或机械地执板伴奏，或心不在焉地笼袖而坐，与狎客们专注的神情形成鲜明的对比。

醉游平泉

白居易

狂歌箕踞酒尊前[①]，眼不看人面向天。
洛客最闲唯有我，一年四度至平泉[②]。

【难点疏通】

①箕踞：古人席地而坐，随意伸开两腿，像个簸箕。是一种不拘礼节、傲慢不敬的坐法。 ②平泉：河南洛阳南二十里，周四十里有平泉庄，卉木台榭，犹若仙府。

【诗义解说】

狂饮放歌席地坐在酒尊前，眼不看人脸朝天。洛阳羁客唯我最清闲，一年四次游平泉。

清·高凤翰《南天雁影图》（之二）

画面上古桐繁茂，一老者持杖戴笠，一副悠闲地漫步林间。全图用笔纵括恣肆，用墨豪逸，疏密有致，意韵深远。

醉中对红叶[①]

白居易

临风杪秋树[②]，
对酒长年人。
醉貌如霜叶，
虽红不是春。

【难点疏通】

①红叶：学名黄栌，叶经霜而红，为历代文人歌咏。除黄栌外，枫、槭、乌臼(又叫乌桕)等树的叶子在秋天经霜后也会变红。　②杪秋：晚秋。杪，年月或四季的末尾。

【诗义解说】

晚秋红叶树在风中摇曳，长年醉酒人心事满怀。醉酒的颜面和霜叶一样，颜色虽红但不是春天的花朵。

清•刘度《白云红树图》

画面上红树点缀远山近水，白云缭绕于山间，山峦连绵、青翠。整幅画色彩浓艳，气韵流动。

醉后却寄元九[①] 白居易

蒲池村里匆匆别[②]，沣水桥边兀兀回[③]。
行到城门残酒醒，万重离恨一时来。

【难点疏通】

①元九：元稹，行九。 ②蒲池村：在今陕西户县沣水西岸。 ③沣水：陕西西安渭水支流。兀兀：孤独的样子。

【诗义解说】

匆匆醉别蒲池村，独自归来沣桥边。走到城门醒了酒，万千离愁心头涌。

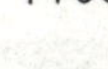

清·黄鼎《醉儒图》

虬曲茂盛的松柏浓荫下，溪水湍流。一上身裸露的男子醉倒于兽皮上安然而眠。他的身前有酒坛已然倾倒于地，背后的两坛静静地立于书画笔墨边。画面笔墨苍劲，给人以质朴超逸之感。

唐郎中宅与诸公同饮酒看牡丹 刘禹锡

今日花前饮，甘心醉数杯[①]。
但愁花有语[②]，不为老人开。

【难点疏通】

①甘心：情愿。 ②但愁：只愁。

【诗义解说】

今日牡丹花前喝酒，情愿多喝几杯不怕醉。只愁花也有解人语，不肯绽放为老人开。

明·仇英《松溪论画图》

画面巨岩傲立，苍松挺翠。临水平坡上，二老者席地而坐，欣赏画卷。二童子汲水煮茶。人物形象生动，生机盎然。

垂花坞醉后戏题（赋得俱字韵）[1] 独孤及

紫蔓青条拂酒壶，落花时与竹风俱。
归时自负花前醉，笑向鲦鱼问乐无[2]。

【难点疏通】

①垂花坞：在今安徽奉阳县东北。 ②鲦鱼：《庄子·秋水》："庄子与惠子游于濠梁之上。庄子曰：'鲦鱼出游从容，是鱼之乐也。'惠子曰：'子非鱼，安知鱼之乐？'子曰：'子非我，安知我不知鱼之乐？'"

【诗义解说】

紫蔓青条倒垂拂酒壶，竹风阵阵携带落花缤纷。花前醉酒回家路上甚得意，笑问鲦鱼你们是否快乐悠然？

元·赖庵《藻鱼图》

画面中池水清澈，水藻稀疏，荷花绚丽。一条硕大的鱼悠然自得地游于其间。几条小鱼则在荷花边嬉戏，一派怡然自乐的景象。

醉后

韩愈

煌煌东方星①，奈此众客醉。
初喧或忿争，中静杂嘲戏。
淋漓身上衣，颠倒笔下字。
人生如此少，酒贱且勤置。

【难点疏通】

①煌煌：明亮的样子。

【诗义解说】

东方的启明星多么明亮，无奈众位客人都已喝醉。起初还喧闹纷争不休，慢慢安静下来偶尔相互戏弄。酒气淋漓沾湿衣巾，笔下字迹颠倒歪斜。人的生命如此短暂，酒很便宜所以才可频频买来饮。

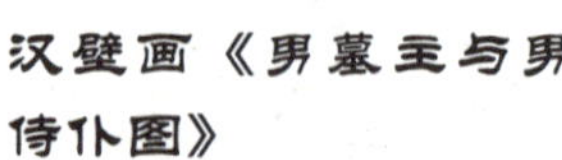

汉壁画《男墓主与男侍仆图》

描绘了主人生前宴饮的场景。画中主人高冕宽袍，坐于华帐中，神情严肃。面前案几上，杯盘碗碟井然摆放。两位侍从恭敬而立，一人为主人扇风。此图色彩沉稳，人物造型生动自然。

醉眠　杜牧

秋醪雨中熟[1]，寒斋落叶中。
幽人本多睡[2]，更酌一樽空。

【难点疏通】

①秋醪：秋日酿成的酒，多为米酒和甜酒。 ②幽人：远遁尘世的隐居之人。

【诗义解说】

酿熟的醪酒秋雨中飘香，落叶纷纷拥抱清贫的茅屋。隐居的人本来就贪睡，何况酒喝了满满一大樽。

元·刘贯道《梦蝶图》

借庄周梦蝶的故事描绘文人雅士不问世事、闲散度日的生活状态。画中逸士酒后悠然散淡地卧于榻上，周边的环境也烘托了逸士平日读书饮酒、赏花弄竹的生活。

花下醉

李商隐

寻芳不觉醉流霞①，倚树沉眠日已斜。
客散酒醒深夜后，更持红烛赏残花②。

【难点疏通】

①寻芳：寻觅并赏花。流霞：神话传说中的酒。这里是双关语，既指酒，也指花。②更：再。

【诗义解说】

饮酒赏花不知不觉就醉了，倚在树上沉沉入睡太阳西斜。夜深客散我也醒了酒，还要手持红蜡烛去赏落花。

清·汪士慎《镜影水月图》

描写月明天朗之夜，罗汉伏坐于池塘之边，静静地欣赏倒映于水中的明月。他的神态悠然安闲，仿佛脱离尘世。画面设色清润淡雅，意蕴无穷。

春夕酒醒 皮日休

四弦才罢醉蛮奴[①]，
酃醁馀香在翠炉[②]。
夜半醒来红蜡短，
一枝寒泪作珊瑚。

【难点疏通】

①蛮奴：诗人自称。 ②酃醁：美酒名。翠炉：翡翠色的烫酒炉。

【诗义解说】

弦乐停止弹奏我也醉意蒙胧，翡翠酒炉上还缭绕着美酒的芳香。深夜醒来寂寞红烛已经烧短，正孤零零地滴下寒泪化成珊瑚。

南宋·佚名《柳塘泛月图》

月色荷塘边，垂柳依依，塘中花香弥漫。四人戴月泛舟而来，沉醉在月明花香的境界中。画中柳墨浓，荷叶青，人物、荷花淡粉，月色迷蒙，给人以空灵淡雅的审美享受。

和袭美春夕酒醒[1]

陆龟蒙

几年无事傍江湖[2]，醉倒黄公旧酒垆[3]。
觉后不知明月上，满身花影倩人扶[4]。

【难点疏通】

①袭美：皮日休，字袭美。　②傍：依傍；傍江湖指浪迹江湖、闲适自在的生活。③黄公旧酒垆：酒垆，原指酒店卖酒的土台子，后泛指酒店。黄公酒垆典出《世说新语·伤逝》，竹林七贤之一王戎过酒垆念昔与嵇康、阮籍等旧友畅饮游乐。后人把黄公酒垆比做畅饮的场所。　④倩：唤请。

【诗义解说】

这几年无官身轻浪迹江湖自由自在，每日和朋友欢歌畅饮醉倒在酒乡。睡醒后不觉夜深明月高照，唤人搀扶花影错落袭满身。

元·王冕《墨梅图》

画面梅枝伸展，花苞点点，许多梅花已经绽放。用笔轻重浓淡相宜，枝重而不拙，花清丽而脱俗，风姿绰约，晶莹透彻，清气弥漫，很具有高雅的神韵。

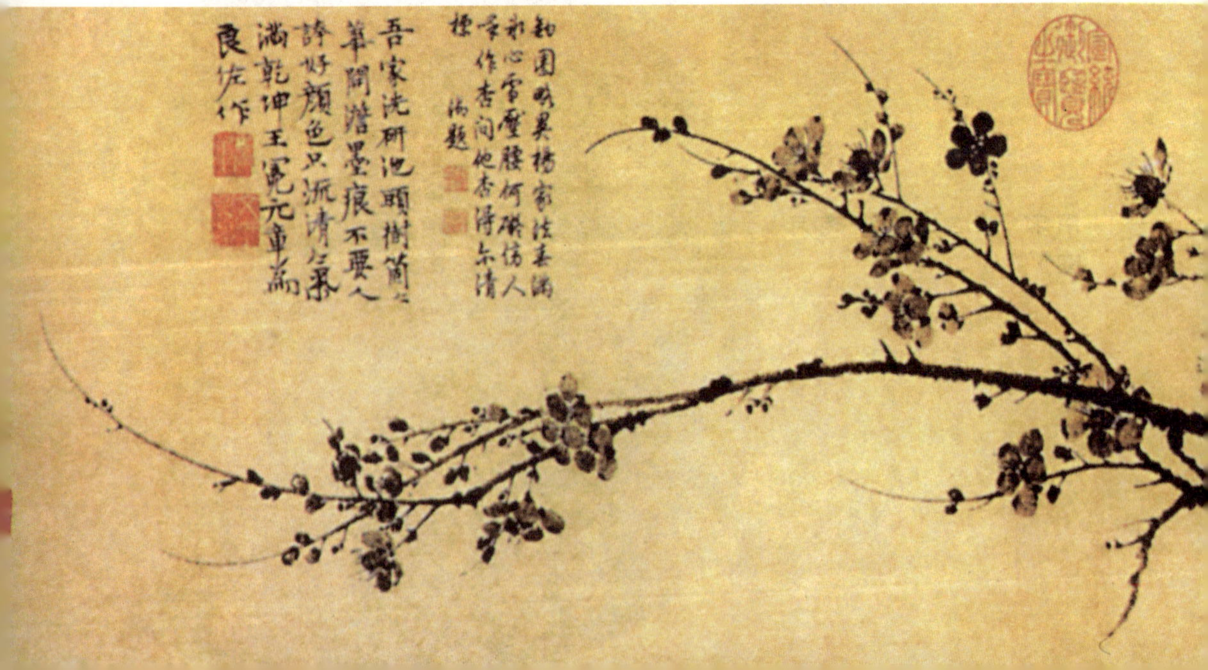

村醉

卢仝

昨夜村饮归[1]，健倒三四五[2]。
摩挲青梅苔，莫嗔惊著汝[3]。

【难点疏通】

①村饮：在乡间饮酒。 ②健倒：一作“连倒”。三四五：指摔倒的次数。 ③莫嗔：莫怪。

【诗义解说】

昨夜乡间饮酒归，摸爬踉跄醉似泥。双手抚摩青梅苔，不要怪我吓着你。

明•唐寅《桐阴清梦图》

以白描手法绘一醉汉睡在桐荫下交椅上的情景。人物用笔简淡，脚下的莓苔设色浓重，和微微后倾的交椅形成平衡。

遇醉道士

施肩吾

霞帔寻常带酒眠[①]，路傍疑是酒中仙。
醉来不住人家宿，多向远山松月边。

【难点疏通】

①霞帔：道士服。

【诗义解说】

一道士醉酒而眠霞帔很一般，傍路而卧令人怀疑他是酒中仙。醉了不住在家里面，爱向远山的松间伴月眠。

宋·佚名《憩寂图》

绘一僧袒腹坐于松的裸根上，稍远处的松枝上挂一酒葫芦，表明僧已醉酒。远山若有若无，整个画面似被暮色笼罩。

中酒①

韦庄

南邻酒熟爱相招，
蘸甲倾来绿满瓢②。
一醉不知三日事，
任他童稚作渔樵③。

【难点疏通】

①中酒：醉酒。　②蘸甲：斟酒过满而沾指。绿：酒上漂浮的绿酒渣，代指酒。　③渔樵：以打鱼或砍柴为生者。

【诗义解说】

南邻酿好酒喜欢叫我去品尝，常常给我斟上一满瓢。醉一次至少三天不醒事，任由村童把我当成渔夫和樵叟。

清·袁耀《巫峡秋涛图》

此图绘巫峡两岸高山险峻，岩石峭立，万壑千岩间，古松掩映，栈道盘旋。山中隐见一酒家，店主伏案凝望滚滚的江面。波涛中一帆船逆流而上，船夫奋力摇桨。画面设色浓重中点以淡笔，深邃之中见清雅。

残花

韦庄

江头沉醉泥斜晖①，却向花前恸哭归②。
惆怅一年春又去，碧云芳草两依依③。

【难点疏通】

①泥：流连。斜晖：夕阳余晖。 ②恸哭：极悲哀地大哭。 ③碧云：投在水中的云影。

【诗义解说】

大醉江边流连在夕阳的余晖中，转而面对残花放声悲哭。痛哭只为又是一年春归去，碧云悠悠芳草情依依。

明·戴进《溪堂诗思图》

画面峰峦叠翠，清泉欢畅。溪畔山麓下，一老者坐于茅屋堂间正觅句成诗。小桥上走来抱琴的侍童。全图布置精密谨严，笔墨苍劲。

制酒 · 酿酒

看酿酒　王绩

六月调神曲[①]，
正朝汲美泉[②]。
从来作春酒，
未省不经年[③]。

【难点疏通】

①调神曲：调制效果极佳的酒母。　②正朝：正月初一。汲：汲取。美泉：美酒。③未省：没有见过。经年：跨年。

【诗义解说】

六月开始调制酒母，正月初一才可喝上美酒。自古酿造春酒，没见过不跨两年。

清·钱慧安《清明图》

图绘一老者拄着拐杖，提着酒壶，正在向骑在牛背上的牧童询问酒家在什么地方。牧童用小手指向前方，动作稚拙可爱。设色清润淡雅，具有水乡的韵味。

答陆沣[1]

张九龄

松叶堪为酒[2]，春来酿几多。
不辞山路远，踏雪也相过。

【难点疏通】

①陆沣：唐吴郡吴县人，官终殿中侍御史。　②松叶堪为酒：古人以松针酿酒，名松叶酒，饮之可辟瘟，养神颜，祛风湿，因此备受唐人的喜爱。《千金要方》卷二四记酿造之法："松叶六十斤，㕮咀，以水四石，煮取四斗九升以酿五斗米，如常法，别煮松叶汁以渍米并喷饭，泥酿封头七日。发，澄饮之，取醉。得此力者甚众神妙。"㕮咀：中药的一种加工方法，将药捣碎。堪，可以。

【诗义解说】

松叶可以酿造香醇的美酒，春天到了你家的酒有多少？不怕山路遥远又曲折，踩着未化的积雪也去把酒喝。

清·上官周《人物故事图》（之二）

表现宋人林逋隐居孤山养鹤的故事。画中人物双手背于后，正仰望回飞的鹤。展翅的仙鹤盘旋回望着主人。人物衣衫飘动，须发抚风。人鹤相呼，表现出相依相恋的无限深情。

哭宣城善酿纪叟[①] 李白

纪叟黄泉里[②]，还应酿老春[③]。
夜台无李白[④]，沽酒与何人。

【难点疏通】

①宣城：今安徽宣城市。东临苏浙，地近沪杭，为安徽之东南门户。自公元前109年设郡以来，历代为郡、州、府城，相沿二千多年而不辍。 ②纪叟：姓纪的老翁。李白的好朋友，善酿酒。李白七游至敬亭山，皆畅饮纪叟美酒，惊羡称绝，遂赠名曰："纪叟老春"。唐上元二年仙逝。 ③老春：酒名。 ④夜台：坟墓。

【诗义解说】

黄泉里的纪老师傅，还应该酿造香醇的老春酒吧！可坟墓里没有我李白，你酿酒卖给谁来品尝？

清·高凤翰《南天雁影图》（之一）

写池塘初春，新绿朦胧。两位文士席地坐于湖岸边，倾心相谈。池水明净，天空归雁集翔，水中倒影清晰生动。整幅画情趣盎然，简括传神。

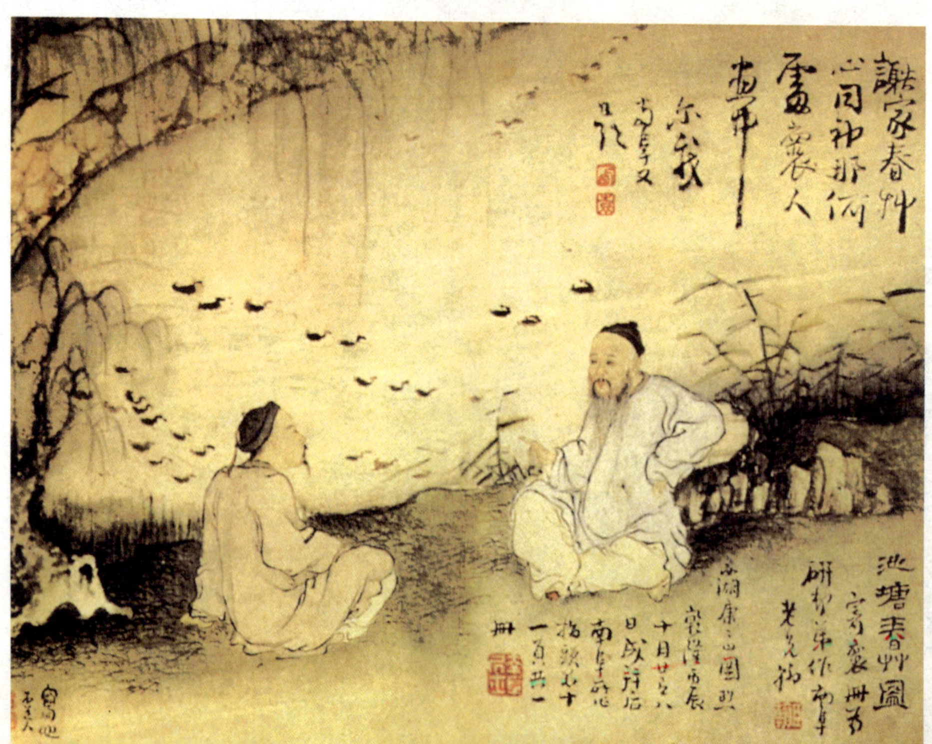

酬乐天谢衫酒见寄[①] 刘禹锡

酒法众传吴米好[②]，舞衣偏尚越罗轻[③]。
动摇浮蚁香浓甚[④]，装束轻鸿意态生[⑤]。
阅曲定知能自适，举杯应叹不同倾。
终朝相忆终年别，对景临风无限情。

【难点疏通】

①谢衫酒：指白居易因得刘禹锡所寄糯米酒、李浙东所寄杨柳枝舞衣后所作答谢诗。 ②吴米：吴地的糯米。吴人擅用糯米酿酒，尤其喜用黑糯米。用无锡二泉水酿造的糯米酒，称为“惠泉酒”，其味清醇，经久不变。 ③越罗：越地的丝绸。古称这里的丝绸花样多而质量轻。 ④浮蚁：酒中浮沫，这里代指酒。 ⑤轻鸿：指舞女。三国魏曹植《洛神赋》：“翩若轻鸿，婉若游龙。”

【诗义解说】

大家都说吴地糯米酿的酒最好，越国丝绸裁的舞衣最轻。摇动酒杯散发出扑鼻浓香，穿上舞衣美女翩翩意态横生。知道你吟诗唱曲定能自得其乐，举起酒杯却叹无友陪伴共举杯。每天相互想念长年难聚首，对景伤怀清风传递无尽思念情。

唐·佚名《舞乐图》

1972年出土于新疆。图中舞伎红裙曳地，发挽高髻，腮涂胭脂，额画稚形花钿。设色艳丽，舞裙细腻，很有质感。

和令狐相公谢太原李侍中寄蒲桃[1]

刘禹锡

珍果出西域[2]，移根到北方。昔年随汉使，今日寄梁王[3]。
上相芳缄至[4]，行台绮席张[5]。鱼鳞含宿润[6]，马乳带残霜[7]。
染指铅粉腻[8]，满喉甘露香。酝成十日酒[9]，味敌五云浆[10]。
咀嚼停金盏，称嗟响画堂[11]。惭非末至客[12]，不得一枝尝。

【难点疏通】

①令狐相公：令狐楚，时为汴州刺使、宣武军节度使。李侍中：门下省长官李光颜。蒲桃：即葡萄。　②西域：汉时对甘肃敦煌以西诸国的统称。　③梁王：西汉梁孝王刘武，令狐楚节度汴州（战国大梁），故以梁王比之。　④上相：对宰相的尊称。这里指李光颜。芳缄：对书信的美称。　⑤行台：指令狐楚宣武军节度使府。绮席：高档华丽的筵席。　⑥鱼鳞：葡萄果实一串串如鱼鳞状。宿润：昨夜的露珠。　⑦马乳：状如马乳的葡萄，称马乳葡萄。　⑧染指：以指触摸。铅粉腻：像脂粉一样腻。古代妇女多以铅粉为化妆品。这里指葡萄的含糖量高。　⑨酝成十日酒：《太平御览》卷九七二：葡萄"酿以为酒，甘于曲蘖，善醉而易醒"，相对于"饮之千日醉"的酒，醉的时日短暂，故曰十日酒。　⑩五云浆：一种仙药。《汉武帝内传》："其次药有太清、九转、五云之浆，子得服之，白日升天。"　⑪画堂：汉代宫中殿堂。又一指华丽的堂舍。这里指令狐楚宣武军节度使府的堂舍。　⑫末至客：迟到的上宾。谢惠连《血赋》："……梁王不悦，游于兔园。乃置旨酒，命宾友，召邹生，延枚叟。相如末至，居客之右。"此以令狐楚比梁王，遗憾自己不能像司马相如那样成为座上宾。

【诗义解说】

葡萄这种珍宝原产自西域，现在被引进种在北方。昔日葡萄的种子随汉使来到中原，今天被寄到了梁王令狐家。李相一封书信到，令狐相公摆宴席。串串果实闪烁着昨夜的露珠，马乳状的葡萄还沾着秋霜。以指触摸感觉像脂粉一样黏腻，吃到嘴里满喉弥漫着甜香。用它酿成酒，醇美的口味比得上仙药五云浆。停下金杯慢慢品尝，称好的赞叹声充满殿堂。惭愧自己不是座上宾，没能得到一枝来品尝。

清·恽寿平《草龙珠帐图》

图绘一葡萄架，枝干虬趣，叶子葱郁，串串葡萄如玛瑙般挂在枝上叶下。笔法细腻，设色艳丽。

自题酒库[①]

白居易

野鹤一辞笼[②]，虚舟长任风[③]。
送愁还闹处，移老入闲中。
身更求何事，天将富此翁[④]。
此翁何处富，酒库不曾空。

【难点疏通】

①酒库：藏酒或酿酒之所。 ②野鹤：喻指自由无拘之人。此为诗人自喻。 ③虚舟：无人驾驶的船，此喻诗人如任意漂流的舟船。 ④富此翁：古人以一醉为富。

【诗义解说】

无拘无束像野鹤辞别樊笼，任意漂泊如无人驾驶的小舟。把忧愁抛向闹哄哄的尘世，到悠闲的酒乡来养老。一生别事无所求，求老天让我成为一醉翁。此翁哪里图一富？只要那里的酒库从来不曾空。

明·文徵明《兰亭修禊图》

此画反映了东晋王羲之《兰亭序》中的景象。图绘崇山峻岭，溪流蜿蜒，溪畔众多文士或坐或卧，观赏着山光水色间淙淙溪水送来的酒觞，潜心构思。此画以青绿山水技法所绘。画面中山石树木先勾后染，工致严谨，笔笔精到。人物之衣纹、眉目简略，数根线条便勾勒出文人雅士潇洒的身形。全图设色明丽丰富，画面以青绿为主，淡施赭色渲染山脚坡石，浓而不失典雅，艳而别具秀润。

咏家酝十韵[①]

白居易

独醒从古笑灵均[②]，长醉如今学伯伦[③]。
旧法依稀传自杜[④]，新方要妙得于陈[⑤]。
井泉王相资重九[⑥]，曲蘖精灵用上寅[⑦]。
酿糯岂劳炊范黍[⑧]，撇篘何假漉陶巾[⑨]。
常嫌竹叶犹凡浊[⑩]，始觉榴花不正真[⑪]。
瓮揭闻时香酷烈，瓶封贮后味甘辛。
捧疑明水从空化[⑫]，饮似阳和满腹春。
色洞玉壶无表里[⑬]，光摇金盏有精神。
能销忙事成闲事，转得忧人作乐人。
应是世间贤圣物[⑭]，与君还往拟终身。

【难点疏通】

①家酝：家中自酿的酒。　②独醒：司马迁《史记·屈原列传》：“渔父见而问之曰：‘子非三闾大夫欤，何故而至此？’屈原曰：‘举世浑浊而我独清，众人皆醉而我独醒，是以见放。’”灵均：屈原字。　③伯伦：晋刘伶，字伯伦，嗜酒，常乘鹿车，携一壶酒，使人荷锸（铁锹）而随之，谓曰：“死便埋我。”　④杜：杜康，相传最早发明酿酒术的人。　⑤陈：陈岵，唐颍川（今河南禹州）人，长庆元年官膳部郎中。　⑥井泉：代指水。王相：星座名，即王良。《晋书·天文志上》：“王良五星，在奎北，居河中。”阴阳家以王（旺盛）、相（强壮）、胎（孕育）、没（没落）、死（死亡）、囚（禁锢）、废（废弃）、休（休退）八字与五行、四时、八卦等递相配搭，以表示事物的消长更迭。五行用事者为王，王所生为相，表示物得其时。重九：农历九月九日。　⑦曲蘖：酒母，相当于今天的酒引子。《书·说命上》：“若作酒醴，尔惟曲蘖。”上寅：农历每月上旬之寅日。　⑧酿糯：以糯米酿酒。炊范黍：《文选·赠张徐州稷》：“山阳范式与汝南张劭为友，春日相别，约秋日相见，至期，范杀鸡做黍以待之。张果至。”　⑨撇篘：过滤酒。假：假借。漉陶巾：滤酒的布。《南史·陶潜传》：“郡将候陶，逢其酒熟，取头上葛巾漉酒，毕，还复著之。”　⑩竹叶：竹叶青酒。　⑪榴花：美酒名。据《南史·夷貊传上·扶南国》载：“顿逊国有酒树似安石榴，采其花汁停瓮中，数日成酒。”后以“榴花”雅称美酒。正真：纯正。　⑫明水：祭祀时所用的净水。　⑬洞：透明。　⑭贤圣物：酒的隐语。《三国志·魏志·徐邈传》：“尚书郎徐邈酒醉，校事赵达来问事，邈言‘中圣人’。达复告曹操，操怒，鲜于辅解释说：‘平日醉客，谓酒清者为圣人，酒浊者为贤人。’”

【诗义解说】

自古嘲笑屈原的独醒，如今常常醉酒学刘伶。酿酒旧法仿佛承传杜康，今日妙方得于陈郎中。水用九月九日恰合时，曲用上旬寅日方灵验。有新酿的米酒不用备炊黍，滤酒也不用陶葛巾。常嫌竹叶青浑浊太一般，感觉榴花酒也不十分纯正。揭开酒瓮闻到浓烈芳香，用瓶封储后味道又辣又甜。捧在手中以为空中降圣水，喝一口心中贮满春日暖阳。盛在玉壶里外透明，倒入金杯金光闪动。能化忙碌为清闲，可让忧人变乐人。你一定是世上贤圣者，我与你约定相守终身。

宋·马和之《豳风图》

取材于《诗经》，共有七段，此段描绘的是采桑、耕种、饮酒、观舞、拜谒等不同场面，风格古雅。

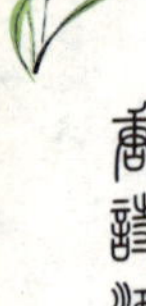

对新家酝玩自种花[1]

白居易

香曲亲看造[2]，芳丛手自栽。
迎春报酒熟，垂老看花开[3]。
红蜡半含萼[4]，绿油新酦醅[5]。
玲珑五六树[6]，潋滟两三杯[7]。
恐有狂风起，愁无好客来。
独酣还独语，待取月明回。

【难点疏通】

①家酝：自家酿的酒。 ②香曲：酒母，这里指酒。 ③垂老：诗人自称。垂，接近，将要。 ④红蜡：红烛，比喻红色的花苞。萼：花萼，托在花外的花冠。 ⑤酦醅：重酿未滤的酒。 ⑥玲珑：秀美的样子。 ⑦潋滟：盈满的样子。

【诗义解说】

亲自看护酿造馨香的美酒，芬芳的花树也是亲手栽。迎来春天宣布酒已经酿熟，步入年老之人又一次看到花开。红红的花苞像蜡烛含在花萼里，绿莹莹的未滤酒等待重酿。五六株花树多秀美，三两杯酒盏满盈盈。担心狂风突然起，忧虑没有好朋友来做客。自斟自饮还自语，等待邀取明月把我来陪伴。

清·袁耀《桃源图》

此图描绘的是晋陶渊明《桃花源记》中的意境。春水淙淙，夹岸桃花盛开，芳草萋萋，春柳依依。人们或相聚于茅屋，或劳作于田间，或悠闲漫步于田间小路。如镜的湖水，自在的村民，令人神往。意境清远，富于变化。